共和国故事

飞架南北

——南京长江大桥建成通车

王泽坤 编写

吉林出版集团股份有限公司

图书在版编目（CIP）数据

飞架南北：南京长江大桥建成通车/王泽坤编.—长春：吉林出版集团股份有限公司，2009.12

（共和国故事）

ISBN 978-7-5463-1769-4

Ⅰ．①飞… Ⅱ．①王… Ⅲ．①纪实文学－中国－当代 Ⅳ．①I25

中国版本图书馆CIP数据核字（2009）第237777号

飞架南北——南京长江大桥建成通车
FEIJIA NANBEI　　NANJING CHANGJIANG DAQIAO JIANCHENG TONGCHE

编写　王泽坤

责任编辑　祖航　李婷婷

出版发行　吉林出版集团股份有限公司

印刷　三河市嵩川印刷有限公司

版次　2010年1月第1版　　　　　　　2022年1月第9次印刷

开本　710mm×1000mm　1/16　　　印张　8　字数　69千

书号　ISBN 978-7-5463-1769-4　　　定价　29.80元

社址　吉林省长春市福祉大路5788号

电话　0431－81629968

电子邮箱　tuzi8818@126.com

版权所有　翻印必究

如有印装质量问题，请寄本社退换

前　言

自1949年10月1日中华人民共和国成立至今,新中国已走过了60年的风雨历程。历史是一面镜子,我们可以从多视角、多侧面对其进行解读。然而有一点是可以肯定的,那就是,半个多世纪以来,在中国共产党的领导下,中国的政治、经济、军事、外交、文化、教育、科技、社会、民生等领域,都发生了深刻的变化,中国人民站起来了,中华民族已屹立于世界民族之林。

60年是短暂的,但这60年带给中国的却是极不平凡的。60年的神州大地经历了沧桑巨变。从开国大典到60年国庆盛典,从经济战线上的三大战役到经济总量居世界第三位,从对农业、手工业、资本主义工商业的三大改造到社会主义市场经济体制的基本确立,从宜将剩勇追穷寇到建立了强大的国防军,从废除一切不平等条约到独立自主的和平外交政策,从"双百"方针到体制改革后的文化事业欣欣向荣,从扫除文盲到实施科教兴国战略建设新型国家,从翻身解放到实现小康社会,凡此种种,中国人民在每个领域无不留下发展的足迹,写就不朽的诗篇。

60年的时间在历史的长河中可谓沧海一粟。其间究竟发生了些什么,怎样发生的,过程怎样,结果如何,却非人人都清楚知道的。对此,亲身经历者或可鲜活如昨,但对后来者来说却可能只是一个概念,对某段历史的记忆影像或不存在,或是模糊的。基于此,为了让年轻人,特别是青少年永远铭记共和国这段不朽的历史,我们推出了这套《共和国故事》。

《共和国故事》虽为故事,但却与戏说无关,我们不过是想借助通俗、富于感染力的文字记录这段历史。在丛书的谋篇布局上,我们尽量选取各个时代具有代表性或深具普遍意义的若干事件加以叙述,使其能反映共和国发展的全景和脉络。为了使题目的设置不至于因大而空,我们着眼于每一重大历史事件的缘起、过程、结局、时间、地点、人物等,抓住点滴和些许小事,力求通透。

历史是复杂的,事态的发展因素也是多方面的。由于叙述者的视角、文化构成不同,对事件的认知或有不足,但这不会影响我们对整个历史事件的判断和思考,至于它能否清晰地表达出我们编辑这套书的本意,那只能交给读者去评判了。

这套丛书可谓是一部书写红色记忆的读物,它对于了解共和国的历史、中国共产党的英明领导和中国人民的伟大实践都是不可或缺的。同时,这套丛书又是一套普及性读物,既针对重点阅读人群,也适宜在全民中推广。相信它必将在我国开展的全民阅读活动中发挥大的作用,成为装备中小学图书馆、农家书屋、社区书屋、机关及企事业单位职工图书室、连队图书室等的重点选择对象。

编　者
2010年1月

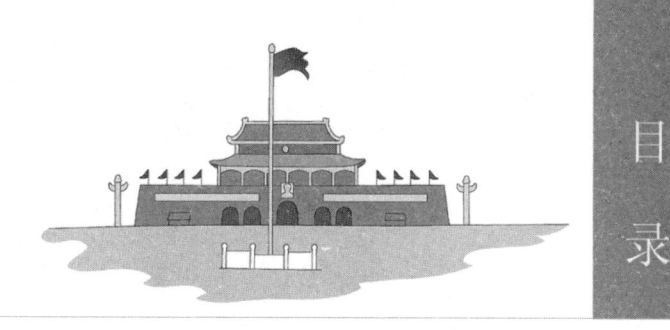

一、修建规划

    制订大桥设计建设方案/002

    国务院批准设计方案/006

    周恩来亲定建设蓝图/010

二、攻克难关

    任命大桥设计总工程师/014

    解开大桥晃动的谜团/016

    攻克钢梁技术难题/020

    采取抛石防护处理方法/023

    运用钢梁模型试验法/027

    用试验墩做开工前实验/031

    寻找固定大桥桥墩的方法/033

    潜水员挑战深水作业/037

    攻克桥梁的张拉难题/042

    鞍钢创新炼出特种钢/046

    采用科学方法制止桥墩摆动/053

    青年铆合工合成桥钢梁/056

    创造万米不断桩奇迹/062

目录

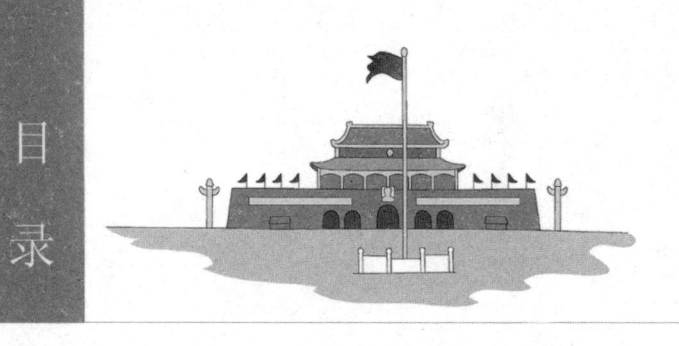

钢梁提前胜利合龙/065

三、军民会战

立体施工建成桥头堡/071

为大桥建设竭尽全力/079

许世友调兵驰援大桥建设/082

公路双曲桥开始施工/086

采取灌注桩方式建设双曲拱桥/092

军民合力张拉最后一片应力梁/096

四、竣工通车

举行铁路桥通车典礼/100

公路桥全面提前通车/103

创造世界桥梁史的奇迹/108

坚固程度经受了导弹测试/110

周恩来赞扬大桥建设/112

大桥获国际友人盛赞/113

构成完整的人文景观/114

一、修建规划

- 1958年12月,长江三大桥第二次科技协作会议在武汉召开,会议对南京长江大桥所采用的方案作了决定,对所需的研究做出了安排。

- 南京长江大桥设计方案可以说是个创举,突破了历史的局限。

- 1959年12月,周恩来亲自审定南京长江大桥建设方案,为大桥通航净高由26米改为24米拍板。

制订大桥设计建设方案

1953 年，为建设武汉长江大桥，铁道部根据中央人民政府政务院的指示，成立了大桥工程局。大桥工程局开始为建造南京大桥搜集资料，并根据政务院的意见，在武汉就修建南京大桥组织有关人员进行了酝酿。

1956 年起，大桥工程局成立了南京长江大桥技术顾问委员会，着手进行南京大桥桥址的选择、地质勘探和测量工作。

1956 年，经国务院批准，铁道部开始进行大桥的勘测设计。铁道部一级工程师胡竟铭率领 2 个勘探队和 1 个设计组南下现场，1 年之内，初定了下三山、煤炭港、宝塔桥 3 个桥址方案。

1957 年 8 月，铁道路邀请有关省、市、部门商讨，议定 3 条原则：

  1. 同意采用宝塔桥桥址方案；

  2. 按公路、铁路两用桥设计，桥下通航万吨海轮；

  3. 根据多快好省的原则建桥，适当考虑城市规划及美观。

鉴于当时的国际形势，周恩来一再指示：

一切建设，必须自力更生。

据此，胡竟铭同志带领设计组，为大桥这一长久性建筑选择了最佳设计方案。

大桥工程局据此进行了初步设计。

南京长江大桥设计中地净空，是根据南京下关长江最高通航水位 8.27 米以上而确定为 26 米的，使万吨级轮船能通过大桥。因此，南京大桥的设计方案突出了桥梁基础的设计。

南京大桥江中桥墩之间的跨度比武汉大桥还要大，如果基础不牢固，桥梁质量就保证不了。所以，在建设南京大桥时，专家和学者们根据武汉大桥创造的管柱基础经验，采取了不同的基础方案：

重型混凝土沉井基础；

钢沉井加管柱基础；

浮式钢筋混凝土沉井基础；

钢板柱围堰管柱基础。

1958 年 9 月，根据江苏省委意见，铁道部请示国务院，经批准在南京成立了南京长江大桥建设委员会，开始建桥的筹备工作。

梅旸春担任大桥工程局主管设计工作的总工程师。

这在国内建桥史上是一种独创的组织形式。江苏省省长惠浴宇任主任委员，南京市市长彭冲、江苏省委交通工作部部长王治平等为副主任委员。

南京大桥的设计草案由中国科学院、同济大学、地质研究所、哈尔滨工业大学、大连工学院等单位的全国著名桥梁工程专家、学者李国豪、张维、谷德振等人设计完成。

1958年10月，大桥工程局局长彭敏会同中国科学院技术科学部负责人赵飞克组织召开了三大桥，即南京、枝城、芜湖技术协作会议。南京桥的设计组长为王序森。交通部王首道部长根据有关方面的意见，组织专家学者对这个净空高度的设计方案进行了充分的讨论和论证。

百余人济济一堂，根据勘测资料和初步设计方案，讨论在南京长江江面上如何建造一座比武汉大桥还要好的桥。与会者带着建设社会主义的高涨热情，用科学的、实事求是的态度探讨问题，气氛融洽无间，人人都想为国家建设承担任务、争作贡献。

在百余位专家研究的基础上，最后上报的是大桥工程局的总体设计方案，该方案由彭敏、赵飞克、汪菊潜、杨廷宝组成的领导小组审查确定。

11月，西南交通大学桥隧系动员了所有能参加这一工作的教师，包含隧道、土地基、结构力学、建筑学、制图等，并让桥隧系54级学生推迟毕业离校日期，从事具体的计算制图工作。这一工作按时完成,给南京大桥提出正桥方案4种,并有下部结构方案、引桥方案、建筑艺术处理意见。

在这年12月,长江三座大桥第二次科技协作会议在武汉召开,共240多人出席,内有罗英、杨廷宝、李国豪、刘恢先、钱令希、卢肇钧、谷德振等专家和教授。

会议对南京长江大桥所采用的方案作了决定,对所需的研究做出了安排。

国务院批准设计方案

1959年4月,党的八届七中全会在上海召开。会上有一项议题,就是讨论南京长江大桥的建设问题。

国家计委副主任彭敏带着南京大桥的设计方案去上海汇报。

在大桥工程局工作期间,彭敏领导、培养和建立了一支优秀的建桥队伍,创建了第一所桥梁学院,并亲任院长,培养了一批优秀的桥梁事业的生力军;将建桥经验总结编著了《武汉长江大桥》一书。"南京长江大桥建桥新技术"获首届国家科学进步奖特等奖。他是国家授予的第一批高级工程师。

到了上海,彭敏他们就连夜将方案和图表挂在会场的墙上。

第二天,彭敏向中央委员们汇报了设计方案的详细内容,并提出方案实施的具体意见,得到了党中央领导的肯定,通过了建桥设计方案。

有位哲人说:"桥是凝固的历史,它记录了民族的精神。"

南京长江大桥设计方案可以说是个创举,突破了历史的局限。

南京,地处长江下游。这里江面宽阔,水深浪大。

多少年来，南京人民一直渴望着在这里架起一座大桥。但是，在帝国主义、封建主义和国民党反动派统治的旧中国，广大人民修建南京长江大桥的愿望根本不可能实现。

长江天堑，历来是兵家必争之地。史料记载，早在公元前202年，楚霸王项羽被刘邦所困，突围向南，可到了江北的卸甲甸，无法过江，折往江西，在安徽乌江镇走投无路，只好拔剑自尽。至今在南京长江大桥北面的大厂镇还保留着卸甲甸、霸王山的地名。

国民党也曾幻想着凭借长江天险继续负隅顽抗，但是在1949年4月23日，英勇的解放大军凭借木船，以百万雄师过大江的气势胜利渡江，解放了南京。

秦代造的蒲津桥、隋代造的赵州桥、南宋泉州的万安桥显出中国古代文明"俯视六合"的那份辉煌与自信。而清代那种囿于情韵、小巧绮丽的桥却成了帝王公侯后园独享的玩物，虽风光依旧，却从一个侧面反映出"中国桥文明"走入了一个"死胡同"。

1927年，美国桥梁专家华特尔来南京实地勘察后，留下一句话："在南京造桥，不可能。"

1936年与1946年两度计划建桥，均因技术难度大、财政无力负担而作罢。

1938年，下关和浦口修建了两座栈桥，用两条900马力的轮渡，运送火车车皮过江。货运列车的中转时间至少要3个多小时。

国民党政府曾多次有在南京、浦口之间架桥之议。为此曾邀请美国桥梁专家来此考察,终因水文复杂、地质条件差而得出无法建桥的结论。

新中国成立后,随着祖国的社会主义建设日益发展的需要,我国工人阶级遵照毛泽东"自力更生"的教导,发出了气壮山河的誓言:

一定要在南京修建起祖国更加雄伟的第三座长江大桥!

南京长江大桥在一片欢呼声中正式动工了。

南京长江大桥选址在南京市下关和浦口之间。由于这里水深30至40米,水下泥沙覆盖层厚,江底岩层情况复杂。

外国桥梁专家曾经预言:

在南京造桥,基础工程这一关就过不了。

中国建桥工人和技术人员凭着聪明才智,根据江底不同的水文地质情况,分别采取几种类型的管柱基础和沉井基础,攻克了基底质量检验与水下焊接、氧割等技术难题,终于在1968年建成了南京长江大桥。

这是中国桥梁工程史上的一大创举,在当时国际上也是罕见的。

来自祖国各地的建桥工人意气风发，斗志昂扬。南京长江两岸一片沸腾。起重机的长臂划破天空；满载着建桥物资的铁驳、火轮，在江面上鸣笛飞驶。

工人们豪迈地说，旧中国的反动派统治者和美、日帝国主义，曾经胡说什么"南京不能修桥"，"在南京修桥，比登天还难"，真是可笑。

就是在这个"不可能"的地方，新中国的第一代桥梁工人用自己的聪明才智建起了一座"争气"的大桥。

周恩来亲定建设蓝图

1959年12月,大桥工程局重编初步设计方案报铁道部后交国务院审批。周恩来亲自审定方案,阅示所有的勘测、设计报告。考虑到国家自然灾害困难,在大桥设计高度上,周恩来亲自为大桥通航净高由26米改为24米拍板。

周恩来在设计前曾经提出南京长江大桥桥头堡的设计建议,南京大桥桥头堡建筑要比武汉大桥宏伟。现在南京桥的特殊标志是耸立在南北两端桥头堡上的三面红旗。这是适应当时国内形势需要的时代产物,也是向全国各地征集、经过比较确定的。

周恩来认为南京大桥是中华民族骨气的象征,要求大桥上使用的路灯必须用与天安门广场一样的玉兰花灯。

周恩来在中南海颐年堂外廊与几位副总理一起观看了桥头堡方案模型,同意了这个方案;还指示,要用红旗,颜色必须保持鲜红,不能褪色。

为此,大桥工程局经过了反复的比选,用红色油漆解决不了褪色问题,用瓷砖烧不出鲜红的釉彩。最后,大桥工程局选用了青岛生产的红色玻璃砖,达到了周恩来提出的要求。

在很长时间里,南京长江大桥都代表着国家形象。

每当有国际友人访问中国，国家领导人经常陪伴他们参观南京长江大桥。

早在1953年4月，周恩来就召集政务院会议，决定召集全国优秀人才，组建铁道部新建铁路工程总局武汉大桥工程局，这就是如今的中铁大桥局集团有限公司前身，周恩来这个决定至今影响着中国桥梁事业的发展。

1954年1月15日，周恩来主持召开政务院第二〇三次政务会议，正式讨论通过了《关于修建武汉长江大桥的决定》，任命彭敏为大桥工程局局长，中共武汉市委书记王任重兼任政治委员。

此后，周恩来一直关心大桥建设，如在大桥桥头堡设计方案评选上，他都亲自参与评审。

在周恩来等党中央领导的关怀和支持下，大桥工程局参战员工克服了艰难险阻，只用了两年一个月的时间，就在水深流急、风高浪大的江面上铺设了第一条宏伟壮丽的长桥。

1958年7月17日，黄河上出现特大洪涝，修建于新中国成立前的京广线郑州黄河老桥被突如其来的大洪水冲断，主桥第5孔至第24孔全部受损，最严重的11号墩向下游偏斜达30厘米。

至当日深夜，桥墩歪斜达1米以上，桥面钢轨嘎嘎作响，继而桥墩倒塌。与之相连的第10孔和第11孔两孔钢梁坠入河中，桥面钢轨亦被拉断，缺口为72米。

危难关头，以周恩来为首的中央领导人连夜冒雨赶到大桥工地，视察水情，召集大桥工程局一桥处和郑州铁路局等单位的干部职工开会，勉励大家尽快抢通黄河大桥，并与建桥工人风雨同舟，一起抗洪抢险。

在周恩来等党中央领导的鼓舞下，大桥工程局一处、郑州铁路局共投入近6000人全力奋战，于8月1日零时50分恢复大桥通车。

这次修建南京长江大桥，周恩来同样对大桥的建设倾注了大量心血。

二、攻克难关

- 南京长江大桥技术顾问委员会主任李国豪凭着自己极强的记忆力,一一写下两座桥梁的最基本数据,最后给出了桥梁晃动的真正原因。

- 杨卫东同志带着水手,摇着一条小划子,冲入大江,穿过急流,冲破巨浪,冲上配电房,接通了电流,保证了供电。

- 一向少言寡语的胡宝玲在会上激动地说:"为了祖国的社会主义建设,就是压成肉饼,也要拼一拼!"

任命大桥设计总工程师

大桥工程局主管设计工作的总工程师梅旸春是为修建钱塘江大桥、武汉长江大桥、南京长江大桥作出过重要贡献的桥梁界泰斗式的人物。

梅旸春1923年于清华大学毕业后公派赴美深造,获普渡大学硕士学位,后在费城桥梁公司工作,因成绩突出、网球打得好竟被误认为日本人。

梅旸春以此为耻,决心干出一番业绩树立起中国的光辉形象。

梅旸春回国后担任了钱塘江大桥的设计工作。他还参与和组织了昌淦桥、柳江桥的设计建造。

新中国一成立,他即与茅以升等专家联名上书中央,建议修建武汉长江大桥,后又主持勘测和初步设计。大桥开工后,他任副总工程师,为大桥的建成立下了巨大的功劳。

南京长江大桥上马,他被中央任命为大桥局总工程师,主持了该桥的设计和施工组织工作,整整4年战斗在工地。他患有高血压病,因工作劳累,一天昏倒在办公室旁的卧室里。

这一消息通过铁路电话很快传到了铁道部,部长吕正操立即与空军联系,派出专机将著名的治疗脑血栓的专家送往南京前去抢救，终于将他从死亡线上拉了回来，但他已瘫痪不起。

病情稍有好转，组织上决定送他回京疗养。

临行前，他要求坐轮椅到工地再看看，因情绪激动，当晚脑病复发，紧握着从北京赶来的妻子的手，与世长辞。

1985年南京长江大桥获首届科技进步特等奖，梅旸春为第一获奖者。

像他这样具有强烈的爱国之心和高深的学术造诣的老专家，大桥工程局还有不少。

解开大桥晃动的谜团

李国豪于1913年4月13日出生于广东省梅县一户农民家庭。

1929年,他考入上海同济大学土木系,以全优成绩毕业。

毕业前夕的一段实习经历,最终决定了他未来的事业方向:他到杭州钱塘江桥工地上干了一个月,从此,桥梁设计占据了他人生的首要位置。

1938年,他赴德国达姆施培特工业大学留学,获得双博士学位。

1948年,他任同济大学工学院院长。

1954年,他受聘为武汉长江大桥技术顾问委员会成员。

一年后,他成为首批中国科学院技术部学部委员,即今中国科学院院士。武汉长江大桥建成没多久,我国又于1958年开始着手筹建南京长江大桥,决定完全由新中国工程技术人员自主设计、施工,这对成立不到10年、科技底子薄弱的共和国来说,是严峻的自我挑战。

面对一个个技术难关,谁能担起科研攻关的重任?历史又一次选择了李国豪。

出任南京长江大桥技术顾问委员会主任时,李国豪

45 岁。中国桥梁第一人的位置由此奠定。

此后，上海南浦大桥、江阴长江大桥、虎门珠江大桥、汕头海湾大桥、长江口交通通道、杭州湾交通通道、琼州海峡交通通道等神州大地的每一座标志性桥梁，无不与这位大师的名字紧密联结在一起。

在 1965 年于西昌召开的全国桥梁会议上，铁道部大桥工程局王序森副总工程师谈到，武汉长江大桥出现的晃动问题没有得到令人信服的解释。为了确保万无一失，南京长江大桥的设计把钢桁梁加宽了 4 米，试图解决这个问题。不过，设计者心里还是没底，这多用的 4000 吨钢是否有必要，能否起到作用？

到底是什么原因导致桥梁晃动，必须弄清楚！

没有计算工具，没有参考资料，甚至连一本工程计算起码的数值表都没有，担负南京长江大桥方案设计任务的李国豪赤手空拳开始了艰难的科研跋涉。

李国豪脑子里浮现留学德国时对离散杆系结构桁梁的研究结论。他成功地将一座复杂的多腹杆菱形桁架体系桥梁化成连续体系，用微分方程成功推导了钢度转换的等效关系，并用模型试验反复验证，得出了"桁架和类似体系结构计算的新方法"。他决定用这个思路来处理两座大桥的稳定与振动问题。

思路有了，李国豪还要解决纸和使用频率极高的三角函数表、积分表。

此刻的李国豪被兴奋和热情鼓舞着。

这不是纸吗！望着桌上看过的报纸，他的眼睛闪着亮光：这些边边角角都可以写字！可两份表到哪儿去弄呢？

思来想去，李国豪忙碌起来，只有凭着自己的基本功一个数值一个数值地推算了。

两个星期后，李国豪成功地解决了科研基本条件差的问题，又开始凭着自己极强的记忆力，一一写下两座桥梁的最基本数据，他要给出桥梁晃动的真正原因！

1974年，李国豪受邀参加全国钢铁振动科研协作会议，报告了研究成果：

> 武汉长江大桥通车时出现的晃动，是由于拥上大桥的人群荷载造成的桥梁弯曲、扭转共振，大桥自身结构没有问题。
>
> 因此，南京长江大桥多用的4000吨钢没有必要。

话音刚落，全场掌声雷动。大桥工程局总工程师紧紧握着他的手说："困扰我们17年的谜解开了！"

多年以后，一位同济的工作人员问他："您能不能用通俗的语言描述一下大桥晃动究竟是怎么回事？"

李国豪说："你坐过小木船吧？当你一只脚迈上船时，船就会晃动；当你两只脚都上去后，船很快就不晃了。两座桥梁的晃动和这个道理有点儿相似，桥梁结构本身没有问题。"

1975年，11万字的《桁梁扭转理论——桁梁的扭转、稳定和振动》一书出版。

1983年，这一成果获得国家自然科学三等奖。

李国豪晚年，有人赞扬他："那种气候下，您还能这样坚持科研，真不容易！"

"钻进去了，什么都忘记了，什么都顾不上了。"李国豪笑眯眯地说。

还有其他许许多多桥梁专家薪尽火传，这才保证了南京长江大桥的胜利建成。

攻克钢梁技术难题

方秦汉，1925年4月20日生，汉族，浙江黄岩人，桥梁工程专家。1950年，他从北京大学桥梁工程专业毕业，历任大桥工程局勘测设计院工程师、桥梁总体设计负责人、设计组长、高级工程师等职，曾担任衡阳湘江公路、铁路两用桥总体设计负责人。

1958年，南京长江大桥工程上马，方秦汉以其在钢梁设计及试验方面的表现，被破格任命为南京长江大桥钢梁设计组组长，在王序森主持下开展工作。

南京长江大桥是我国完全依靠自己的力量设计修建的一座公铁两用著名桥梁，其规模和难度均大于武汉长江大桥。

其一，该桥水深40米，水下基础深达73米，是当时世界上最深的桥梁基础之一。

其二，该桥主跨160米，比武汉桥主跨还长32米，技术要求更高。

其三，该桥钢梁采用11次超静定结构（武汉桥是5次），杆件多，计算复杂，设计之初没有先进的电子计算机，靠计算尺计算，工作量大，而且极易发生错算。

其四，该桥钢梁材质和技术没有外援，全部依靠我国自力更生研究解决。

面对一系列的技术难题，方秦汉和钢梁组的人员依靠王序森的指导和集体的力量，发挥集体的智慧，不仅圆满完成了设计任务，而且在技术上有了发展和创新，达到了国际先进水平。

在设计中，方秦汉首次将计算机应用于桥梁设计。

进入钢梁安装阶段后，计算工作更加繁重，方秦汉应用计算机完成了应力分析和安装所需参数的计算，既节省了大量的人力和时间，又大大提高了设计质量。

大桥工程局的计算机技术由此起步，成为国内在工程上较早应用计算机的单位之一。

方秦汉在王序森等专家的帮助、指导下，配合鞍钢技术人员反复研究试验，生产出16锰低合金桥梁钢，由铁道部科学研究院主持完成全部力学性能和焊接性能试验。当时名之曰"争气钢"，解决了南京桥因外援中途撤出而出现的钢材问题。16锰低合金桥梁钢至今仍广泛应用于桥梁、建筑、造船等工程。

方秦汉还在研究采用新结构方面有重大突破。

首先，南京长江大桥公路纵梁采用焊接结构，铁路纵梁采用高强度螺栓联结结构，推动了我国栓焊钢梁技术的发展。

其次，与铁科院一道在工地进行钢梁上无缝线路的设计研究，获得成功，使南京长江大桥成为我国第一座桥上无缝线路的桥梁。

同时，与上海材料所合作，在工地进行轻质混凝土的研究，其成果应用在公路行车道板中，减轻了梁部结构的自重。

此外，方秦汉还改进和发展了钢梁安装工艺。

钢梁伸臂长度 144 米，为保证伸臂架设成功，方秦汉提出了一套在当时十分先进的工艺措施，解决了长伸臂的晃动问题。

方秦汉提出的消除或消减桥面系的平面弯曲的高应力及其他部位的高应力的有效措施，保证了架设安全和结构安全。

采取抛石防护处理方法

汪菊潜，1906年生于上海。他5岁入学，因家境清贫，在教会学校"自助部"半工半读，后就读于交通部唐山大学土木系，即今西南交通大学的土木系。

汪菊潜聪敏好学，深得业师罗忠忱教授的钟爱和器重。1926年，他以总分第一名的成绩毕业，获土木工程学士学位。1927年1月，汪菊潜被保送到美国公费留学，一年后获康乃尔大学土木工程硕士学位。1930年6月，他拒绝了美国桥梁公司的高薪聘请，毅然回国为祖国效力，年仅23岁。

回国后，汪菊潜参加了粤汉铁路株（洲）韶（关）段的施工和建设。抗日战争爆发后，在敌机轰炸时，他多次冒着生命危险抢修桥梁。抗战胜利后，他又主持修复了由茅以升主持修建的、为阻挡日军南侵而炸毁的钱塘江大桥。

汪菊潜首创的"套箱法"修复办法，使严重损坏和变形的钢梁恢复原状，保证了修复质量。

新中国成立后，汪菊潜意气风发致力于建设新中国。他曾当选为全国人民代表大会代表、中华全国总工会第八届执行委员、中国科学院技术科学部委员、中国土木工程学会副理事长。

汪菊潜参加武汉长江大桥的修建期间，总是把祖国的利益放在第一位，其精湛的技术、求实的精神赢得了大家的尊重。出于高度的责任感，他要审阅每一张设计图纸。1959年汪菊潜任铁道部副部长，并于1960年主持全国铁路新线建设工作。南京长江大桥是汪菊潜参与的又一重大工程。

在南京长江大桥的设计、施工阶段，汪菊潜先后任铁道部科学技术会议副主席、铁道部科学技术委员会副主任、铁道部副部长，具体参与了大桥的建设工作。

1958年，大桥工程局局长彭敏会同中国科学院技术科学部负责人赵飞克组织召开了三大桥（南京、枝城、芜湖）技术协作会议，南京桥的设计组长为王序森。

在100余位专家研究的基础上，最后上报的是大桥工程局的总体设计方案，该方案由彭敏、赵飞克、汪菊潜、杨廷宝组成的领导小组审查确定，技术上汪菊潜起着重要作用。

关于引桥墩身中是否加设钢筋的问题，在大桥施工中有不同意见，为了结构的需要和保证质量，汪菊潜决定加设钢筋，为大桥的顺利施工解决了争端。

三号墩采用的是在覆盖层中深置的管柱加沉井基础，基岩破碎复杂，施工中经多次压浆处理。

为确保安全，基建、设计、施工三方持不同意见。汪菊潜亲自组织研究处理，提出抛石防护处理的方法，确保了三号墩的安全。

1963年，全国人大代表有人提出对南京长江大桥基础工程质疑议案。国务院批转铁道部办理。铁道部委派汪菊潜主持处理。

经研究讨论，汪菊潜与原提案人坦诚交换意见，不仅获得了理解，而且还建立了以后的合作关系。

1964年，汪菊潜代表铁道部对南京长江大桥做了全面检查，对各项工作包括引桥、江中基础、上部结构的设计、施工等进行审查，提出今后安排意见，协调了监理原则，为大桥顺利完成铺平了道路。

新中国成立后的汪菊潜意气风发，除致力于武汉长江大桥和南京长江大桥的建设之外，还在其他方面做了一系列工作。

1960年，他参加了中南海怀仁堂大修加固工程。

1964年，汪菊潜代表铁道部参加我国第一颗原子弹爆炸固定装置结构的设计审查会议。

在担任铁道部副部长后，他先后视察成昆、贵昆、湘黔、兰新、青藏等线，并根据我国国情，提出小型机械化施工以提高劳动生产率。

汪菊潜不但是一位杰出的科技专家，也是一位赤诚的爱国者。当他在报上看到中国人民解放军渡过长江的消息后，即乘飞机返回上海迎接黎明。

他主持修复沪杭、浙赣铁路，还为抢修津浦、淮南、陇海各线的桥梁制造了所需构件，有力地支持了中国人民解放军进军南方和西北。新中国成立后，汪菊潜积极劝说林同炎等同行回国服务，为祖国作出贡献。

1975年2月26日，汪菊潜因肝癌医治无效，与世长辞，终年69岁，闻者无不痛心。林同炎感到非常惋惜，说：

> 汪菊潜不但在工程方面有巨大贡献，最重要的是有准确的判断力，有精明的眼光，而兼有做人用人的办法。这样特殊的人才，不论在国内或国外的工程师中都是非常少有的。

运用钢梁模型试验法

王序森，1913 年 7 月 4 日出生于江苏省南京市，祖籍广西桂林。

1949 年 5 月上海解放，王序森被任命为上海铁路局张华浜桥梁厂技术副厂长，主持沪杭线几座大桥的修复设计和钢梁配制工作，其中包括被破坏的跨长 92.4 米的 41 号桥，为落水钢梁补充配制半孔，并提出安装方案，使这几座大桥很快修复通车。

由于我国开展大规模桥梁建设的需要，1950 年 4 月，王序森被调往铁道部设计局。

开始，因鸭绿江上两座连续梁大桥破损较重，挠度波折较大，不便行车，由铁道部组织重修方案研究小组，王序森为技术负责人。

根据承载力检算及连续梁变形挠度曲线，他提出了在江中关键节点下设少量桩排架，依次施顶，使补制弦杆能在内力为零时安设的方案，保证了挠度顺直。王序森被评为一等三级工程师。随后他负责武汉长江大桥上部结构方案设计。

1953 年，武汉长江大桥初步设计完成。同年 7 月，王序森随同武汉长江大桥初步设计鉴定组赴莫斯科参加鉴定工作；回国后，1953 年 10 月调铁道部武汉长江大桥工程局，直至1990年11月退休。他在该局历任技术科长、设计处长、局总工程师等职。

王序森从参加武汉长江大桥工程的设计开始，先后在重庆白沙沱、南京、枝城、九江长江大桥工程中，参与了主持设计和技术领导工作，为研讨、解决一些重大技术问题提出过有益的建议与措施。

万里长江第一桥——武汉长江大桥，是我国建桥史上的一个里程碑。

1953年，时任武汉长江大桥工程局技术科长的王序森，与我国桥梁专家、时任副科长的刘曾达一道，一面自己画钢梁方案，一面领导全科进行武汉长江大桥的总体设计和施工设计。在武汉长江大桥的钢梁设计中，为充分发挥材料强度，简化制造工作，方便在江面高空拼铆作业，主桁杆件采用了H型截面，考虑了杆件的互换，以适应桥梁制造工厂采用无孔拼装工艺，这对于保证钢梁制造和安装时的精确度起到了很好的作用；而采用的悬臂架设法，则是我国架梁技术的一项重要进步。这些都是在王序森具体指导下，由绝大多数年轻的工程技术人员设计出来的，而且其布置和细节还为我国以后修建的很多长大钢梁所沿用。

1958年至1966年，王序森先后主持南京长江大桥的初步设计，负责该桥的钢梁设计和协助审定全桥的施工设计。

南京长江大桥的钢梁原拟采用从苏联进口的低合金

钢，但由于后来中苏关系紧张，苏联在供货方面规格不能满足结构要求，而此时南京长江大桥工程已上马施工，在这关键时刻，王序森力主使用国产16锰低合金钢，并随同铁道部领导同志一道去鞍钢紧急求援，他密切配合鞍钢技术人员深入研究，提出在保证钢材韧性和塑性的前提下，在大型桥梁对钢材要求的容许范围内，可以适当地降低些强度，使成品合格率得到了成倍的提高，终于为这一钢种制定了符合桥梁使用的"16锰桥"技术规范，保证了南京长江大桥钢梁的需要。

南京长江大桥钢梁设计中，考虑到由于跨度增大又采用了低合金钢，为避免架设中可能产生较大振动，王序森认真地钻研了振动理论，并提出做钢梁模型试验。

试验由铁道部科学研究院协助进行，按设计假定，模拟钢梁架设的全过程；实际架设过程中观察、量测各种振动反应及内力，指导施工，保证了架设的安全。从这一实践过程中，他深深体会到这是一种"从理论研讨—模型试验—实桥测定的认识循环"，对于提高思想认识水平，指导今后新型结构的实践具有一定的意义。

作为一名桥梁工程技术人员，王序森不仅要在正常的设计、施工中妥善地处理一些技术难题，特别是在抢修工程中，任务紧急，多无先例可鉴，全凭临战应变的能力。

1958年，郑州黄河老桥主流中11号桥墩被冲垮，我国南北运输动脉中断；1964年，南京长江大桥施工中4

号、5号墩浮运沉井出现建桥史上罕见的大幅度摆动险情；1976年，唐山地震灾害桥梁抢修等，王序森都积极参加，或出谋献策，或支持合理建议，参与领导层作出正确决策，在全体建桥职工共同努力下，使受害桥梁短期修复。

作为大桥工程局的技术负责人，王序森还负责审定了该局承建的成昆线上的金沙江桥、大渡河桥、雅砻江桥单孔大跨钢梁的设计方案。

同时，他还协助审定了相向伸臂架设跨中合龙的三孔连续钢桥——宜宾金沙江桥的设计。此后，他协助制定借用暂时闲置的桥梁构件，组拼临时平衡梁跨的安排，实现了大渡河桥单向全伸臂，金沙江桥、雅砻江桥相向伸臂、跨中合龙的安装部署。

王序森在完成桥梁设计和施工技术工作的同时，还把较大的精力投入国际技术交流活动。

1958年，王序森参加铁道部桥梁考察团去苏联，应邀参加莫斯科全苏桥梁机械化施工会议，访问设计院、研究院、大学，并在工地与苏联专家组研讨了长大桥设计发展的有关问题，作为南京长江大桥的设计参考。

南京长江大桥8号、9号墩采用的直径达3.6米的预应力混凝土管柱基础，取得了在砂层中管柱下沉超过47米的有益经验，就是吸收了王序森这次出访带回的有关资料而设计的。

用试验墩做开工前实验

1960年1月18日，南京长江大桥正式施工。

为了保证施工的质量和大桥建设的进展顺利，每一步施工之前，工人们都要先做相应的实验。

在南京长江大桥正前方9号桥墩前，还有一座弃置的桥墩。有人说，这是苏联专家当年留下的试验墩，其实不是。当初决定建桥时，党中央就要求中国技术人员和造桥工人们"自行设计，自行施工"，这座桥墩就是为试验国产技术和建材而做的试验墩。

以桥墩基础为例，技术人员虽然通过前期的取样拿到了江中地质的情况资料，但为了安全起见，在创造出新的方法后，技术人员都会先在试验墩上进行尝试，准确测试出真实的数据，然后专家们再将测试出的数据进行分析和研究，看是否能够达到施工的要求。

只有经过严格的测算后，建桥工人们才能根据设计图进行施工。

同时，在施工时必须严格按照设计图纸进行，并且每一步施工都由相关负责人签字，通过这种方式责任到人，并且要在检查书上签名确认，从而确保施工质量的万无一失。

南京长江大桥是中国在经济不够发达、面临种种困难的条件下，由中国人民从事的大型建设。在科学技术方面，南京长江大桥则是中国铁路桥梁中工程规模较大、技术相当复杂的工程，其桥墩深度的建设已具世界水平。

　　在建设大桥的过程中，工程技术人员创造了多项新工艺和先进技术。这一切成功都离不开工人们努力结合实践进行的一系列实验性工作。

　　除了技术上严格要求外，对于造桥所需的钢材、水泥、石子、黄沙等材料的把关也颇为严格。当时造桥需要大量的水泥、石子、黄沙等材料，为了防止因材料问题影响到造桥的质量，以上材料在有厂家提供合格证的情况下，造桥的工人们还都要对其进行试验。

寻找固定大桥桥墩的方法

南京长江大桥正桥桥梁由 10 孔钢梁组成，其中浦口岸第一钢梁跨度为 128 米，其余 9 孔每孔跨度为 160 米。所用钢材为我国自己试制成功的鞍钢 16 锰低合金桥梁钢。这是我国桥梁工程首次使用高强度低合金钢。

南京长江大桥还首次使用了无缝线路，首次使用高强度螺栓代替铆钉。大桥的公路行车道板首次采用粉煤灰陶粒轻质混凝土，减少了钢梁的用钢量。

南京长江大桥江中正桥共有 9 墩 10 孔，每个桥墩高 80 米，每个桥墩底部的面积有 400 多平方米，比一个篮球场还大。

别看 9 个桥墩的外观一模一样，但当初在建造桥墩基础时却根据实际不同的情况采取了相应不同的方法。

如何确保 9 座高七八十米，每座面积比篮球场还要大的江中桥墩稳如磐石呢？

彭敏局长来到铁道部，最后向邓小平副总理汇报，提出拟延聘苏联专家来做顾问。

邓小平认为，我国没有造过这样大的桥，是外行；苏联也没有造过这样大的桥，同样是外行。外行对外行，何必一定要请他们来呢？我们要具体问题具体分析，通过实践摸出经验来。

由于水深流急，江中的地质情况非常复杂。为了能拿到第一手的资料，建桥的技术人员先用地质钻孔进行取样，再通过分析样本资料判断江中不同的地质情况，然后再想出不同的建造方法。

然而，就在这样恶劣的环境中，建桥的技术人员和工人们在边干边想中不断创造出了新的方法，可以说是因地制宜。

大桥工程局工程师陈新等综合各种基础结构的长处，创造性地采用了重型混凝土沉井、钢板桩围堰管柱、钢沉井加管柱、浮式钢筋混凝土沉井4种方式，使9个桥墩牢牢地固定在江底的岩层上。

在桥墩基础施工中，其中1号墩的重型混凝土沉井下沉入土深达54.87米，至今仍是中国桥梁工程中下沉最深的沉井。

1号桥墩重型混凝土沉井，高度相当于10多层大楼高，混凝土总量达1.7万立方米。为将这个庞然大物下沉到河床面55米以下的沙砾层，建桥人员除依靠沉井自重外，还采取以吸泥为主，辅之以抓泥、压重、侧面射水等下沉办法，连续奋战17个半月，终于将沉井下沉到设计标高。

有些桥墩沉井基底在水面以下65米左右，基底清理时的质量检查，都是通过潜水员多次潜入水下62至67米，最深达80米进行探摸。仅在7号桥墩基础施工时就累计潜水207次，一次水底停留作业10至20分钟，创造了中国桥梁施工中大规模潜水作业的新纪录。

就在南京长江大桥水下基础施工到了紧张关头的时候，为建筑桥墩设置的八九层楼高的巨型钢沉井正吃水很深地浮运在水中。

突然，长江秋洪暴涨，江面刮起了六七级大风。经过夏季洪水冲击的沉井锚锭设备，在特大风浪的袭击下，有的锚绳崩断了。浮运沉井以四五十米的幅度在激浪中剧烈地摆动着。

如果沉井被洪水倾覆，则江中将增添比巨石还可怕的暗礁，整个大桥工程就会前功尽弃。

有人想出了一个"放沉井下流"的方案，主张让洪水把沉井冲走。

建桥工人一听，肺都气炸了。他们愤慨地说："丢了沉井，就是对人民犯罪。丢了沉井，就是往工人脸上抹黑！""绝不能让洪水把沉井冲走！"

整个工地的工人、干部、工程技术人员、职工家属，都为保住沉井而投入了激烈的战斗。人在沉井在！工人阶级可填海、可移山，天大的困难也能克服。

抛锚工人丢开了过去什么"风大不能抛锚""下雨不能抛锚""黑夜不能抛锚"的旧框框，不管是7级以上的风暴，还是瓢泼大雨和漆黑的夜晚，都坚持为摆动的沉井抛锚定位。

风大浪急，洪水把上游大量的漂浮物冲到沉井周围的锚绳上，锚绳随着沉井的摆动猛烈地跳动着，随时都有崩断的危险。

狂风推着汹涌的波涛，向沉井猛扑过来，激起数丈高的白浪。忽然，给沉井输送用电的水下电缆扭断了。供电一停，一切工作都得停顿。北岸第二电工班的同志们立即挺身而出，要求乘船前往抢修。

杨卫东同志带着水手，摇着一条小划子，冲入大江，同风浪进行了激烈的搏斗。

狂风呼啸，白浪如山。建筑工人们穿过急流，冲破巨浪，冲上配电房，接通了电流，保证了供电。

经过40多个日日夜夜的水上激战，人们终于战胜了秋洪，止住了沉井的摆动，成功地把沉井牢牢地扎在江底，使桥墩像一座雄伟的擎天柱矗立江心。

潜水员挑战深水作业

长江水深浪急、地质复杂的情况进一步证明：要使大型沉井牢牢地扎根在岩层上，需要潜水员进行深水作业。

为了早日建成南京长江大桥，南京长江大桥的建设者、我国第一代工人潜水员胡宝玲，在建桥深水作业中创造了人间奇迹。

庄严雄伟的南京长江大桥有9个巨大的桥墩。每个桥墩都穿过江水，牢牢地插入江底岩层，像中流砥柱，承架着万吨钢梁。

被誉为"水下尖兵"的潜水工人、共产党员胡宝玲和他的战友们，就是千百个钢铁战士的优秀代表。

南京长江大桥建设工程一开始就碰到了一个关键问题，长江水深浪急、地质复杂，需要工人潜进深深的江底搜集地质资料，进行深水作业。

在江边指挥部的小楼里，研究深潜水问题的专门会议召开了。

胡宝玲，这个从小跟着父母逃荒要饭、给地主当过长工的老潜水工，根本不相信那些洋教条，决心与滔滔大江比个高低。

一向少言寡语的胡宝玲在会上激动地说：

为了祖国的社会主义建设，就是压成肉饼，也要拼一拼！

为了突破深潜水关，使身体能够适应水下高压，胡宝玲和他的战友们积极进行加压和减压的锻炼。

在加压仓里，由于加压和减压，不仅肌体受着磨炼，同时他们还要经受从 40 摄氏度高温到零度以下气温变化的考验。

热时，他们即使只穿短裤背心，也大汗淋漓，要用毛巾擦个不停。冷时，他们必须立即穿上衣服，盖上棉被。

他们在一天之内往往要经历春夏秋冬 4 个季节。

经过一个时期的锻炼，正式进行深潜水的日子到来了。

胡宝玲第一个带头下潜了。

初冬的江水，冰凉刺骨，胡宝玲冷得上下牙直打架，两只手冻得又紫又肿。

20 米，30 米，40 米……越往下潜，他们的头脑越发胀，呼吸急促、恶心、唇麻等高压的反应也都来了。

在黑洞洞的江水中，胡宝玲忍受着常人想象不到的高压，坚持下潜。

岸上的战友通过水下电话关切地询问："老胡，怎么样？"

胡宝玲坚定地回答："感觉良好！"

到了 45 米的深水"警戒线"，他反复默诵着"下定决心，不怕牺牲，排除万难，去争取胜利"的语句，毅然把排气阀一开，冲破警戒线，奋勇下潜。

深潜水关终于突破了。

胡宝玲和他的战友们用革命加拼命的钢铁意志，创造了深潜水的新纪录。

潜水工人在大桥建设中担负的重要任务之一，就是检查水下基础情况，清理基础。

由于江底一片漆黑，潜水工人总是以自己的双手代替眼睛。他们在深水下摸遍了比篮球场还大的桥墩基础的每一寸地方。尖利的岩石划破了手，他们不叫一声苦，坚持干下去。

一次，他们发现有一个孔少量翻砂。为了堵住这个漏洞，胡宝玲弯着腰，在黑洞洞的江底，一丝不苟地工作着。

时间一分钟一分钟地前进着。按照常规，深水下操作时间每次不能超过 25 分钟。否则，血压升高、昏迷等危险随时可能发生。这时，胡宝玲已超过了 25 分钟。

岸上的战友们通过水下电话，关切地喊道："已超过时间，赶快上来！"

胡宝玲想：如果上去换一个同志下水，不仅耽误时间，而且换下来的同志对下面的情况不熟悉，会影响堵漏的质量。

他坚决要求说:"延长水下时间!"

他坚持在深水中操作34分钟,终于胜利地完成了堵塞漏洞的任务,保证了工程质量。

当工人们开始大规模地进行桥墩的混凝土灌注工程的时候,忽然在沉井的刃脚下发现了一条1米多长的缝隙,泥沙顺着缝隙往沉井里涌。

必须立即把这条缝补好,否则,就会影响混凝土灌注的质量,延误整个施工计划。有的工程师提出用棉花填缝的方案,失败了。另一个人提出用水玻璃填缝的方案,也失败了。

胡宝玲和潜水工班的同志们心里像着了火。

他们想,提前建成南京长江大桥的意义重大。桥墩有一点儿毛病,就是建桥工人的耻辱。

他们走前人没有走过的道路,敢于攀登前人没有攀登过的高峰,增添了无限的信心和智慧。

工长宋文福果断地提出:"进行深水电焊!"

胡宝玲和他的战友们斗志昂扬地开始进行深水电焊作业了。

几十米深的江底,没有一点儿亮光。胡宝玲弯着腰,把头伸进倾斜的沉井刃脚底部,摸索到了洞口,把钢板打进岩层。他左手摸着板缝,右手握住焊钳,不停地焊着。时间一长,他感到头昏脑涨,两只手也火辣辣地疼痛。

在胡宝玲和另外两个潜水工的努力下,深水电焊成功了，钢板牢牢地焊在沉井刃脚底部，缝隙被堵住了。

桥墩上一片欢呼。

胡宝玲和他的战友们，以惊人的劳动又创造了世界桥梁史上的一个奇迹。

● 攻克难关

攻克桥梁的张拉难题

南京长江大桥兴建初期，两岸铁路、公路引桥决定采用大型预应力梁。这种预应力梁每片长 30 余米，重 100 余吨，是钢筋混凝土制品。这样的梁不仅跨度大、体积小，而且经久耐用。

架在引桥桥墩上的预应力梁，为什么能承受火车运行时的巨大压力呢？这是因为梁的中间穿了几十束高强度的钢丝，每束预先加上了几十吨的拉力，使梁体混凝土产生强大的预应力。所以整片梁造出来后，张拉成了生产中的关键。这个工艺难关不过，预应力梁还不算最后制造成功。

张拉的第一天，两端锚头卡不住钢丝，不断地发生滑丝，竟一束也没有张拉成。两天、三天过去了，才张拉好三四束。经过半个月的艰苦奋战，才凑合着把一片梁张拉完。

工长梁志高鼓励大家说："像这样的张拉锚固方法，过去没有干过，不可能一帆风顺，俗话说，'失败是成功之母'，要取得成功，总要经过一番曲折和斗争……我看，张拉还没有完全丢开洋框框，现在用的锚头还是杨耀庭他们照国外资料设计出来的，又笨又重，质量不高。我们应该抛开这种洋锚头，自行设计、自行制造新锚头。"

一天晚饭后，梁工长提议暂时不忙工作，先开个现场会，分析滑丝的原因。他叫大家思考一个问题：为什么新锚头在拉力机上做锚固实验时不滑丝，在梁上张拉时就滑丝呢？

第二天一大早，梁志高就起床了，轻轻地叫醒了张师傅等几个老工人。

这时，技术员小何一骨碌爬起来，揉着眼睛问："什么事？梁工长。"

梁志高回答："小声点儿，别把大家吵醒了，早着呐，你再睡一会儿吧！"

小何睡下去又马上爬了起来，他看到梁工长和几个老师傅在门外小声地议论着什么，猜到他们又在研究滑丝的事了，便披好棉衣，把大家都叫醒了。等他穿好衣服到门口一看，梁工长他们已经到工地上去了。

小何赶到现场时，梁工长和张师傅正在做准备工作。有人告诉小何："滑丝的原因找到了，毛病还是出在组成锚头的锚圈、锚塞上！"

于是，大家就七手八脚地按照新的设想干开了。

梁工长叮嘱大家："操作上还得认真些，不能麻痹大意。"他看了看千斤顶说："好，打楔块。"

第一束张拉成功了，接着大家一口气张拉了7束，都没有滑丝，一个上午就打破了以往一天的最高纪录。

几天过去了，张拉纪录连连突破。

这天，已经张拉好 15 束了，小何看了看梁工长的手表，离下班还有半个多小时，他蛮有把握地说："没问题，再张拉一束就突破昨天的纪录了。"

说着，他挥动锤子用力打铁楔。

不知怎的，就在这节骨眼上，突然发生了滑丝。大家停下，分析原因，准备重拉。

不知什么时候，有个技术上特别保守的人来了，他今天换了一副面孔，笑嘻嘻地说："一束滑丝没有关系，这样大型的预应力梁，滑丝是不可避免的，人家还没有解决这个问题哩！我们已经赶上先进水平了，这束就不要拔出来重新张拉了。"他把"我们"这两个字讲得特别重。

梁工长听了，便斩钉截铁地说："不行！我们工人就是要有高度的责任感，要对党负责，对人民负责，对南京长江大桥的工程质量负责。在技术上，我们绝不弄虚作假。"

这个人一听，只好转身走了。

同志们继续分析滑丝的原因，小何想了想，一本正经地说："怕是我们思想上有些'滑丝'了。"

小何这么一说，提醒了大家。

"对！"一个老工人说，"滑丝关攻破以后，我们思想上滋长了自满情绪，有点松劲儿了。"

张师傅接着说："对！要想张拉不'滑丝'，先要思想不'滑丝'！"

梁工长点了点头说："说得对！行动是受思想支配的，要想张拉不滑丝，首先要思想不'滑丝'！"

工人们攻破了滑丝关，正在胜利前进的时候，天津钢厂的同志们经过反复试验，生产出了质量达到国际先进水平的预应力高强度钢丝，有力地支援了预应力梁的生产。

滑丝越来越少了，最终杜绝了滑丝现象。梁场的产量不断上升，工人们在实践中摸索出了一整套制造大型预应力梁的先进经验。

鞍钢创新炼出特种钢

桥墩造好后就要开始建造钢梁了。

根据与苏联的合同协议，苏方负责建造大桥钢梁所需要的钢材。可是，苏方提供了第一批钢材后就不再提供了，而仅有的这批钢材只够用于建造0号台至1号桥墩钢梁的所需。

怎么办？没有了钢材如何继续施工？

鞍钢挑起了这个重担，开始研制符合建造南京长江大桥钢梁所需的特殊钢材。鞍钢要求，铁道部派人前去讲述这种钢的各种技术条件。

1962年3月，铁道部科技委派人带队，到鞍钢去讲桥梁钢技术条件。这是因为苏联1961年起停止供应我南京长江大桥的钢料，国务院安排鞍钢试生产16锰低合金桥梁钢。于是，经过协商，决定由大桥工程局、山海关桥梁工厂、唐山铁道学院各派一人进行钢的脆断研究。

当时由于造桥的难度大、要求高，所以对于所需钢材的质量要求也非常严格，市场上一般的钢材根本达不到造桥的要求。

为了克服这一困难，工人们决定自己来进行试验和摸索，并且把将要制造的优质16锰低合金桥梁钢称作"志气钢"。

1963年11月,"志气钢"第一次试验开始了。

这天,北风怒号,白雪铺地,寒气袭人,气温骤然下降到零下10多摄氏度。炼钢车间里却是热气腾腾,呈现出一片繁忙景象。

炼钢工长张志刚把各炉工作安排好后,来到炉前。

副总工程师赵超给大家宣读了他自己从书本上抄来的技术及工艺规程和实验计划。

张志刚听了以后,很是生气,便问赵超:"这计划为什么压根儿不提试验措施?为什么不先和大家讨论讨论再订?像这样闭门造车行吗?"

赵超说:"怎么不行呢?你说嘛!"

张志刚提醒他说:"《鞍钢宪法》中不是要我们大搞群众运动,走群众路线吗?可你在订计划时,有没有考虑到这一点?有没有把群众的智慧集中起来?"

赵超说:"我……我是有依据的!"接着他又说道:"这是新钢种,大家还没有炼过,今天是试验,就这么炼吧!"

试验开始了,工人们分兵把关,各自坚守岗位,聚精会神地工作着。

经过一场紧张的战斗,钢水温度烧到了1600摄氏度,碳素也达到了预定的要求。

这时,赵超蛮有把握地说:"快,快加脱氧剂!"

七八吨脱氧剂加入炉内后,赵超又说:"把风、油开大,烧!"

50分钟后，赵超把手一挥："出钢！"

从出钢口泻出的钢水，经过出钢槽，冲入钢水罐内时，钢水沾在了罐内大棒上。结果，钢炉出了钢，铸锭遭了殃，浇锭不下去，成罐是废钢。第一次实验失败了。

第二天上班前，张志刚把同志们召集到一起寻找主要问题。他把自己的想法讲了一遍，大家讨论了一番，异口同声地说："对，有道理。"

张志刚感慨地说："现在，咱们把主要问题找出来了，可是赵超还不知道。咱们马上去告诉他，免得下次试验再出废钢。"

张志刚对赵超说："你固执己见，不听工人的意见，那样搞下去，肯定要失败的。我们坚决反对你那种试验方法。"

转眼半个月过去了。大口径水口砖由耐火材料厂生产出来了。这下可把赵超乐坏了！于是，便把归他管的一些人员叫到他的办公室，开了一个会。

会上，赵超对大家说："耐火材料厂风格很高，不到半个月就把大口径的水口砖生产出来了。这回冶炼桥梁钢的试验工作看来没问题了。"

接着，他压低了嗓子说："这次试验的准备工作，我们要自己动手。试验成功了，我们也算有点儿作为。"

张志刚问："为什么不和我们工人一起做准备？你们背着工人搞试验，完全违背了《鞍钢宪法》。"

但赵超他们不予理会。

12月初的一天,第二次试验开始了,地点仍在原来的高炉。

所有技术规程、工艺规程和试验计划,除了钢水罐换上了大口径的水口砖以外,其他毫无更改。

赵超以为水口砖一换,试验就能成功。那么,这次试验究竟如何呢?事实大大出乎赵超的意料,还是毫无结果。

共产党员李铁红再也憋不住内心的怒火,说:"通过这两次试验,我觉得这里面存在着一个大问题。试验失败了,我们工人心里像压了一块大石头,非常难过。大家都在动脑筋,想办法,决心尽快把'志气钢'炼出来。可是赵超却不顾国家利益,一味追求个人名利,背着我们工人搞试验。"

张志刚说:"我们一定要保质、保量、保时间地把'志气钢'炼出来。"

魏华深有感触地说:"前两次试验证明:我们在贯彻执行《鞍钢宪法》的过程中,还有很大的阻力。有些人不发动群众,而热衷于少数人冷冷清清地搞试验,我们要坚决执行《鞍钢宪法》,大搞群众运动,不断开展技术革命。经党委研究,决定组成一个由工人、干部和技术人员参加的'三结合'小组,负责冶炼'志气钢'的工作。你们看怎么样?"

大家非常激动地说:"那太好了!"

张志刚急着问魏华:"'三结合'你也参加?"

魏华笑着点了点头说:"参加,我一定参加。"他想了一会儿，又说："'三结合'小组，建议由张志刚、韩国强、李铁红等同志参加。大伙儿同意吗？"

"同意！"大家齐声回答。

魏华环视了大家一圈，又说："我们打算把赵超也吸收进来，大家看行不行？"

这可是出乎了大家意料，一时大家面面相觑，谁也没作声。

王虎打破了沉默，说："那怎么行啊！他和我们想不到一处，说不到一起，干不在一块儿。"

魏华解释说："同志们，他是从旧社会过来的资产阶级知识分子，照抄洋框框、洋教条，不相信我们工人。但是，我觉得，把他吸收到'三结合'小组里来，经过我们的教育帮助，可能把他逐步改造过来，变为积极因素。"说到这里，魏华问张志刚："老张，你看怎么样？"

张志刚点点头说："我看可以。"

"三结合"小组成立后，在党委的领导下，立即开展了工作。

经过一段艰苦细致的调查研究，小组成员认为提高钢水温度的办法是有根据的，是切实可行的。于是，"三结合"小组开始进行新的试验。

这天，高炉的仪器室门前放着一块大牌子，上面写着"自力更生""艰苦奋斗""我们需要的是热烈而镇定的情绪，紧张而有秩序的工作"；平台上写着"鼓足干劲儿，力争上游，为社会主义祖国炼好志气钢"的大标语。

一片紧张、严肃的景象展现在高炉前。

新的试验开始了,魏华亲临现场,同工人并肩战斗。张志刚和技术员韩国强精心操作。

他们时而观察炉内情况,时而调整油和风,时而送个样,时而测个温,工作协调利落,井井有条。

李铁红、王虎等同志精力充沛,干劲儿冲天,密切配合,得心应手。

各兄弟工段、兄弟炉的许多同志都主动来到炉前,开展大协作。

经过一阵紧张而有秩序的试验过程,炉内化完了,沸腾了,铁水温度烧到了 1600 摄氏度,碳素也减到了理想的要求。

此时,魏华、张志刚和韩国强等同志稳如泰山,仍在细心地观察着炉内情况。

赵超也来了,一看情形,马上厉声地说:"超过 1600 摄氏度,炉子受不了啦!"

张志刚对韩国强说:"沉住气,坚决按原定计划进行,继续烧。"

韩国强也蛮有把握地说:"温度再烧高一些,炉子没问题。"

时间又过了半个钟头,炉内情况正常。

出钢的钟声响了,李铁红手握钢钎,迅速地打开出钢口外口,接着又熟练地舞动着钩子,很快掏净了出钢口,紧接着把氧气管插进出钢口。

顿时，红烟滚滚，火红的钢水瀑布似的，奔腾而出，钢花怒放，飞溅四方，犹如红雨……

"志气钢"炼出来了！炼钢车间，一片欢呼！

赵超站在一旁，面对钢水罐自言自语地说："提高钢水的温度，看来这有一定效果，可是温度这么高，铸锭、整模能适应吗？"

出钢后，铸锭吊车将盛满钢水的大罐平稳地运到了铸锭台，对准中心铸管。铸锭工人操纵自如，计时开棒。钢水通过中心铸管，进入洁净的钢锭模内，徐徐上升。

此时，黄烟滚滚，火焰冲天，烤得铸锭工人红光满面。

经过一场艰苦战斗，铸锭工人终于把钢锭铸出来了。

大罐不剩钢，模子、底盘也不焊了，试验成功了！

在铁的事实面前，保守的赵超一脸羞愧，深深地认识到了自己的错误……

"志气钢"试验成功了！

鞍钢终于研制出一种锰低合金桥梁钢，其强度比武汉长江大桥用的钢材提高了30%，完全符合建造南京长江大桥所需的钢材要求。

"志气钢"的炼成，在当时是一件非常振奋人心的事情，不仅令人格外自豪和骄傲，鼓舞士气，而且锰低合金桥梁钢的"出世"，打破了外国垄断性建造世界级大桥的封锁局面，给了扬言中国人建不成大型桥梁的外国人一个有力的还击。

采用科学方法制止桥墩摆动

1964年,长江汛期特别长,水流甚急,墩位处的流向非常紊乱。

9月18日,在5号墩悬浮沉井入水达14.2米时,沉井导向船组的边锚多根锚绳相继被秋汛的洪峰急流冲断,巨大的浮体在江中连续摆动,摆动非常激烈,最大摆幅竟达60米。

这时候,沉井和导向船组全凭前面主锚和后面尾锚系住,一旦主锚被崩断,近万吨重的沉井和导向船组就会倾沉江中,大桥就有全部被毁的可能。

9月28日,4号墩也出现了同样的情况。

这种险情在建桥史上从未有过,大家焦急万分。

在这关键时刻,党中央紧急调来海军,将抢险物资直送工地;省、市委急拨两艘700马力的拖轮夹住5号墩沉井向上游顶推;长航局从武汉调来两艘2000马力的拖轮夹住4号墩沉井向上游顶推。

全体建桥职工夜以继日、献计献策增设防线,从最坏处着想,万一主锚失控,沉井倾沉,也要想尽一切办法,把损失降到最低限度。

二桥设计组组长林荫带领全体技术人员在施工现场边研究边设计,边设计边修改。他们饿了就啃一口冷馒头，累了就在船上打个盹。

有时工作到深夜，肚子饿得咕咕叫，实在没有什么东西可以充饥，主管工程师苏源仙就把葱洗净切好，加上酱油冲上两碗汤，他们一边喝，一边继续商量第二天的工作安排。

经过一个多月奋战，最后终于设计出了"平衡重"止摆法，成功地制止了4号、5号墩的摆动。

在四面八方的支援下，三四千名建桥职工经过40天的日夜奋战，终于战胜了险情。

许多人也许不知道大桥工人的辛苦：

冬天，在空旷的江面上，寒风凛冽，手摸钢铁能粘掉一层皮，一天下来，常常冻得手指都无法伸直。

夏天，混凝工人仍必须每天闷在严密的模型板和钢盘中间，连续工作七八个小时。

模板里面不通风，温度要比外面高出10多摄氏度，一天下来，工人的衣服上就结了厚厚的一层盐霜……

可我们的建桥工人不仅保证了施工质量，还创造了许多第一。

中国建桥工人和技术人员凭着聪明才智，根据江底不同的水文地质情况，分别采取几种类型的管柱基础和沉井基础，攻克了基底质量检验与水下焊接、氧割等技术难题。

正桥上的10孔钢梁，除浦口岸1孔跨度为128米的简支梁外，其余9孔都是160米跨度、每3孔为一联的连续梁。

钢梁总重达 3.1581 万吨，均用鞍钢研究生产的高强度 16 锰低合金桥梁钢，全部由山海关桥梁工厂制造。

所有这些都倾注了建桥工人的智慧和汗水……

● 攻克难关

青年铆合工合成桥钢梁

1966年2月，凛冽的寒风把两岸江堤上的树木吹得直摇晃，江水不断地拍击着江岸，发出"哗哗"巨响。在40余米高的钢梁上传来了激动人心的铆枪声，一阵紧过一阵。

南京长江大桥正桥钢梁铆合的一场激战，由南北两岸同时开始，正式打响了！

桥面上炉火熊熊。一个个脚手架上，铆工们头戴安全帽，身系安全带，穿着工作服，正在紧张地战斗着。

腊月严寒，小李却干得满头大汗。他左手平端铆枪，右手紧握枪把，一接风门，一股劲儿铆了89个。他看了看一排排锋光闪亮的铆钉，心里感到无限舒畅！他眉毛一扬，埋下头，继续干了起来。

只见"刷"地一下，一颗铆钉划着弧形飞了过去。这个甩钉的是小史。另一个小伙子左手拿着接钉筒，对准飞过来的铆钉顺势一套又一缩，"当啷"一声，准确地接住了飞来的钉子。

小陈钻在四边都是钢板的节点里，接连不停地使劲儿顶着铆钉，配合小李铆合。他们干劲儿冲天，铆合速度很快，个个都像小老虎一样。

这些从来没铆过钉的小青年，为了能参加我国自力更生建造的南京长江大桥的钢梁铆合,经过了两个月的短期训练,今天能单独操作,铆合这样大的桥梁,可见他们付出了多大的辛苦!有了这样一批一不怕苦、二不怕死的青年人参战,南京长江大桥的铆合任务一定能胜利完成。

阳光普照着正在架设的钢梁,建桥工人们正在紧张地战斗着。年轻的铆工也和熟练的铆工老师傅们一样,正在你追我赶,互相竞赛。

铆合质量检查员王师傅检查完毕,极力控制着自己内心的兴奋,走近小李身旁。

只见小李一心一意地在干活儿,两腮帮都是从额上流下来的汗珠。

老王想起小李最近接连犯了几天胃病,医生几次都开了病假条,叫他休息,但他仍旧坚守岗位,握枪苦干……

王师傅内心非常激动,从自己脖子上拿下一条毛巾递给小李。

"喔,王师傅!"小李这时才发现背后有人,接过白毛巾,抹去了脸上的汗,便问,"咱们的质量行不行?"

"好!非常好!"王师傅说,"我刚检查了你们铆好的节点,你们创造了无废品节点的高纪录。我这就告诉老洪去,让他也高兴高兴!"

王师傅从小李小组一直奔向上弦节点,人还没到跟前,就喊道:"哎,老洪!刚才我把大家铆好的钉子全部检查了一遍，几个小组都是好样的！合格率达到了100%。真是首战告捷啊！"

"啊！你检查得仔细吗？"老洪微笑着问王师傅。

王师傅蛮有把握地回答："每一颗铆钉我都仔细看过了。我同队里的技术员一起挑了好几颗，铲下来做了检查，质量都很好。"

"那好！"洪师傅咧着嘴巴笑着说，"这是自力更生的成果啊！这对那些瞧不起青年工人的人是最有力的回答！"

年轻的铆工们，第一仗就创造了无废品节点的优异成绩。喜讯传出，人们都为这一优异成绩而欢欣鼓舞！

指挥部办公室里，贾一明和杨耀庭正在谈论着什么。杨耀庭可以说是个非常挑剔的人，一点点儿瑕疵都要命令工人返工重来。

忽听到青年铆工们首战告捷的大好消息，杨耀庭说："这不可能吧！"

贾一明说："凭他们这些毛头小伙子，第一天就能铆得这样好？我不太相信。走，老杨，咱们带个检查员，一起到现场去检查检查！"

工地上，小李小组正在和对手小组展开激烈的竞赛。两个组都在争分夺秒地苦战。

小李一抬头，看见杨耀庭站在自己刚刚铆好的一排排钉子旁，对着一个戴眼镜的检查员，指手画脚地不知在说些什么。

小李上前一看，只见检查员用粉笔东一个、西一个地在将近 30 个铆好的钉子头上，打上了要铲去的符号"×"。

小李不解地问："这是干什么？"

杨耀庭说："检查。"

"王师傅不是已经和队里的技术员及检查科的同志一起检查过了吗？怎么还要检查？"小史插嘴说。

"你们自己检查怎么能算数！"

"为什么不能算数？"

杨耀庭瞅着小史说："你们自己铆的钉子还会说是坏的？"他转过身对检查员说："你别磨磨蹭蹭的，快去叫风铲工来铲掉！"

"慢！"青年铆工们听了火冒三丈，一下子围了上来。

高力猛听说要把刚才铆好的钉子铲掉，露出缺掉半个的门牙，略微带点儿漏风的口音，非常气愤地说："你们这是存心在鸡蛋里面挑骨头！"

小史一看要铲掉这么多铆合质量的钉子，感到心痛，便挤到了前面，压抑不住满腔怒火，"刷"地一下冲到贾一明身旁，说："我们是根据国家统一规定的质量标准铆合的，队里和检查科都检查过了，并签了检查合格证，你们为什么还要铲掉这么多的好钉子？"

"这些铆钉根本没有一点儿问题。"老师傅们看见一颗颗铆钉上被打上了要铲去的符号，感到非常心痛。

杨耀庭嚷道："不是臭鸡蛋，不要怕说臭，也不要怕检查。"

这时候，洪师傅正好送钉上桥，走了过来。问明情况以后，洪师傅气愤地说："要检查就检查吧。不过话要说清楚，我们工人是国家的主人，大伙儿知道该怎么对待工作，绝不会像你们想的那样。你们要检查，请吧。"

洪师傅转身对小李他们说："大家继续工作，照常铆合。"

"慢点儿！"贾一明接着说，"现在大家都停止铆合，等我们检查完毕以后再说！"

洪师傅大喝一声："不行！不能停工。你们根本没有检查出问题来，为什么要停工？你们知道我们工人为了早日建成大桥，是怎样工作的吗？

"你们看，高力猛的门牙被打掉了半个，可是他照样坚持苦练。"

"小陈，你过来……"老洪拉开了他的上衣，高声说："你们看！他为了争取多铆几颗钉子，早日建成大桥，脖子里被氧化铁皮烧得这个样子。"

"可是你们呢？你们不但要铲掉大量的铆钉，竟然还提出要停工。我看你们这样做就是违背多快好省的建桥方针。"

"洪师傅，你别理他，咱们管咱们，干！"

霎时间，"达达达达"的铆枪声此起彼落。

风铲工把钉头铲掉以后，小李双手捧着一大堆铆钉"当啷"一声，用力摔到贾一明和杨耀庭面前："你们仔细看看！这些铆钉，哪一颗不合格？"

杨耀庭手拿铆钉，掏出游标卡尺，左量右量，量了钉杆，又量钉孔……磨蹭了半天，不管是外观，或是钉孔填充，实在找不出一点儿毛病。

"哎，你们检查得怎么样了？"高力猛气愤地问。

只见杨耀庭一句话也说不出来。他终于相信，这些小青年儿确实不简单……

大家看到杨耀庭默默无声地走了，就"哄"地一下笑了起来。

年轻的铆工们对工作精益求精。他们头顶蓝天，脚踩悬梁，最后成功地铆合完成了大桥正梁的钢梁。

创造万米不断桩奇迹

在南京长江大桥工地上,打桩机正在"嘭嘭嘭嘭"地打桩。王超柱身上那件棉工作服已经被雨雪打得湿淋淋的。

王超柱是个从小当童工,在旧社会受尽帝国主义、官僚资本主义欺凌的工程师。

在建设南京长江大桥的艰苦战斗中,他始终同工人群众并肩劳动,为自力更生发展我国的桥梁建筑事业立下了新功。

又是一个风雪交加的夜晚,同志们知道他最近身体不好,都劝他回去休息,可是,王超柱说啥也不肯离开现场,坚持和工人一起战斗。他想:自己是工人出身的工程师,任何时候都应该和工人在一起,急工人之所急,乐工人之所乐。

青年工人小李看到老王的这种精神,深受感动。他关心地对老王说:"老王,快回去休息吧,这儿的事情由我们来干。"

老王笑了笑说:"没啥,今天我们在自己的国家,造我国自行设计的现代化大桥,越干劲儿越大,苦一点儿也是甜,累一点儿也心甘情愿!"

经过王超柱和工人们日夜奋战,试验桩打成功了。

生动的事例再次证明,"土洋结合"的办法就是好。工人们和工程技术人员对此无比高兴。

其实,在开始的时候,有人主张按规定的洋办法打,结果老断桩。于是,王超柱及工班的同志们决定走自己的路。

王超柱发动群众大搞技术革新,大破不合理的施工技术规范,把过去的胶皮蒸汽管改用钢管,把过去用人工拴着绳子拽的打桩机汽阀改制为自动控制汽阀。

王超柱还提出了"双水泵高压射水沉桩"的先进施工方法。

采取了上述种种措施以后,就杜绝了过去的严重断桩现象。这样一来,打桩小队连续打桩1万米,没有断过一根桩,创造了第一个"万米不断桩"的先进纪录,在我国桥梁基础工程史上写下了光辉的一页!

工人们在王超柱带领下,打破了旧框框,以主人翁的高度责任感,发扬实干、苦干、巧干的精神,每个工班每天打4根管桩,继第一个"万米不断桩"后,又创造了第二个"万米不断桩"和优质安全打桩6万米的先进纪录,成为我国建桥史上的一个奇迹。

王超柱发动工人和工程技术人员,克服种种困难,将桥头堡的基础管桩打到地面以下很深很深的粗沙层,又一次创造了我国基础工程史上的奇迹,谱写了一曲技术革新的凯歌。

王超柱常常勉励自己:当了工人工程师,工作岗位变了，但工人阶级的本色不能变。他在日常工作中，只要一有空就参加生产劳动，经常是工作服不离身，走到哪里劳动到哪里。

在他的劳动记录表上，6月的头20天内，除了有6天时间参加省、市和大桥工程处的会议外，剩下14天的时间，他参加劳动的有13天。

王超柱所在工地担负着修建水上码头的任务。这几天，长江波涛汹涌，洪水越涨越高，工期却一天天迫近。哪里的任务紧急、工作量大，王超柱就赶到哪里和工人一起劳动。

沉重的担子把他的肩膀磨破了，直淌脓水，王超柱一声不吭，还是同工人一起开展劳动竞赛。工人们说："老王真是我们的好带头人。"

钢梁提前胜利合龙

盛夏酷暑,南京特别热。在南京这个号称"火炉"的地方,当时"炉火"正红,热得厉害。

钢梁架设的最后关头到了,合龙就在眼前,胜利已经在望。烈日当空,钢梁上每一根杆件都像在火里烤过一样,滚烫滚烫的。

工人们脸上晒脱了皮,汗水浸透了工作服,流湿了脚下,但他们仍旧不停地奋战在高空。他们豪迈地说:

气温再高,没有我们的革命干劲儿高!

我们有一不怕苦、二不怕死的决心,哪怕天再热,也要干到底!

早日建成南京桥,气死苏修美国佬!

建桥工人们还激动地说:

毛主席相信我们,我们要给毛主席争光。

在夺取大桥钢梁提前合龙的紧张战斗中,许多工人连干几十个小时不休息。

一个老工人腿受过伤,本来只让他在陆地上操作,但为了使钢梁早日合龙,他主动登上钢梁参加战斗。

一个工人的爱人生了孩子,同志们劝他回家探望。他说:"生孩子是家庭小事,建大桥是国家大事。工地就是战场,我怎么能离开呢!"

在建造桥头堡的大会战中,工人们说:

饭可以不吃,觉可以不睡,施工任务一定要完成。

英勇的解放军红一连指战员们挺身而出,登上钢梁,挥汗奋战!红一连的有力支援,使大桥工人深受鼓舞。

有解放军做坚强的后盾,何愁钢梁合不拢,何愁大桥建不成!

在勤务组的统一组织下,其他工种的工人和干部纷纷奔赴架梁第一线,连许多家属也参加了战斗。她们扛枕木,送茶水,运冲钉,铺石子,和职工并肩战斗。大家争先恐后,为钢梁合龙全力以赴。

就在这个节骨眼上,气象台发出的台风警报说,明天有一股强大的台风边缘影响南京地区,风力将达到8至9级。

此刻,所有人都立下这样的决心:

战胜台风,保卫钢梁!
为了保住钢梁,我们死也不怕!

这时，钢梁的悬臂已经接近托架，但还没有到达托架。如果不采取紧急措施，钢梁受到台风袭击，则可能变形扭坏。

怎么办？唐天锦、钟志强、王师傅和其他领导同广大桥工一起连夜出动，打了一场和台风争时间的激战。

他们怀着对工作极端负责的态度，采用万能杆件，在托架上拼装了一个临时的钢架，在台风到来前，就已经把钢梁稳稳地托住了。

第二天，狂风夹着暴雨，猛烈地袭击大桥。

江中波涛汹涌，不时地迸发起一个个高高的水柱，发出"哗哗"的响声。在狂风暴雨中的钢梁悬臂却稳如泰山一般屹立在江中，经受住了暴风雨的考验。

就要架设最后一批钢梁杆件了。王师傅这时和牵引车司机将空车皮驶到了预拼场，和同志一起把这一批杆件吊到车皮上，然后叫牵引车驶往提升站去。

王师傅站在牵引车上，警惕地注视着前方轨道。

忽然，他发现前面道岔上盖着一只草袋，他想，刚才空车过去时还没有这只草袋，现在怎么盖着一只草袋？他急忙打了个手势，招呼司机刹车。

牵引车在草袋前面停了下来。王师傅跳下车去，揭开草袋一看，果然道岔上缺了一根短轨！

幸亏王师傅警惕性高，发现得早，要不然，牵引车开上去就翻了！车一翻，钢梁杆件摔坏了，再到山海关桥梁厂去重新做,起码要几个月。

1967年8月16日,这是一个令人难忘的日子!

长江南北红旗飘扬,大桥上下张灯结彩,喜气洋洋。钢梁上插满了红旗,披上了节日的盛装。大江两岸锣鼓喧天,挤满了欢乐的人群。

参加施工的红一连指战员和装吊工人正在进行最后的铺设。战斗在钢梁上的人们,今天的心呀,跳动得格外激烈!

王师傅满怀激情地用他那双满是老茧的手,深情地一次又一次地抚摸着这最后一根披挂着红绸的钢梁杆件。

当唐天锦指挥着吊机把最后一根钢梁杆件吊起来的时候,人们激动的心情好比万里长江卷着巨浪,几千双含着激动泪花的眼睛注视着这根钢梁杆件。

只见披着红绸的钢梁杆件,在金色阳光的照耀下,正在闪闪发光。杆件平稳地向钢梁合龙处吊去,经过一阵紧张的劳动,这根杆件不偏不倚地就位,发出了清脆的响声!

霎时间,锣鼓齐鸣,凯歌震天。雄壮的口号声响彻云霄:

伟大、光荣、正确的中国共产党万岁!
伟大领袖毛主席万岁!万岁!万万岁!

南京长江大桥钢梁终于提前胜利合龙了,这是建桥工人经过了多少个炎夏酷暑和风雪交加的日子，经过了多少曲折激烈的战斗，花了多少辛勤劳动以后才赢得的啊！

　　南北两岸的大桥工人和参加施工的解放军指战员们，一齐奔向钢梁合龙处，互相热烈地握手、拥抱，含着幸福的热泪欢呼、跳跃。

● 攻克难关

三、军民会战

● 老师傅们激动地说:"旧社会把我们工人当'草根',毛主席他老人家把我们工人当个宝,我们无论如何要把红旗插在大桥上。"

● 1969年9月21日2时,毛泽东在许世友、杜平、张才千、吴大胜和汪东兴同志陪同下,乘坐汽车,从桥南缓慢驶向桥北,视察了全桥。

● 许司令当场拍板,增大兵力投入,调威名远扬的"临汾旅"和所属装备加入建桥大军。

立体施工建成桥头堡

1968 年 8 月下旬，上级要求在 10 月 1 日前修起桥头堡。

桥头堡的设计非常富有时代特点，这也成了南京长江大桥的一大特色。

雄伟的南京长江大桥飞架大江南北，两岸的桥头堡威武挺立，上面高高飘扬着红旗。

就在修建桥头堡的过程中，曾经出现过一场不平常的争论。

修建桥头堡，首先要修起基石。

根据以往计算，基石需要 20 天才能修起，这样就要推迟整个桥头堡的修建时间。

面对这种情况，负责修建桥头堡的工人提出了一个打破老框框的大胆设想。

原来灌注混凝土时，首先要搭一个平台，工人们提出减掉搭平台这道工序，以节省时间。

可是工人刚一提出改革方案，就传来了兄弟单位去掉搭平台工序试验失败的消息。

这一来，一些不赞成工人改革的人就说："改革是不行的，不搭平台非看塌台戏不可。"

在这种情况下，解放军坚定不移地相信工人的首创精神，坚决支持工人走打破旧框框的道路。

他们首先来到兄弟单位做了调查研究，分析了失败的原因。

原来，失败是由准备不够、人力安排不当、机器调配不好造成的，心里顿时有了数。

为了吸取兄弟单位的教训，进行改革，解放军和工人们提出，一定要打好这一仗。

一场有准备、有把握的战斗开始了。

经过紧张的战斗，原计划5天完成的任务，结果提前一天半完成，并且节约了大批木材和劳动力，质量也远比搭平台灌注混凝土好。

基石修建起来了，为迅速建起桥头堡创造了条件。

工人们不怕苦，吃在工地，睡在工地。他们白天黑夜干，顶风冒雨干，带病坚持干，动脑筋找窍门干，真正做到了心往大堡上想，劲儿往大堡上使，汗往大堡上流。

有的老师傅几天不回宿舍，疲劳了随便睡一会儿再干。领导劝他们休息，他们却激动地说：

旧社会把我们工人当"草根"，毛主席他老人家把我们工人当个宝，我们无论如何要把红旗插在大桥上。

正当大堡建筑到大桥公路路面以上的时候，突然下起大雨，气温急剧下降，在六七十米高的大堡上，风力达 8 级左右，有的人已经穿上了棉衣。

建筑工人们冒着生命危险，顶风冒雨，挑灯夜战。他们满怀豪情地说：

风再大，动摇不了建筑工人的决心；天再冷，减不了建筑工人建桥的热忱！

于是，虽然狂风呼啸，大雨滂沱，但是建筑工地一片沸腾，桥头大堡在迅速升高。

9 月初，任务刚下达的时候，在全公司引起了强烈反响。

有些工程技术人员扳着指头算来算去，认为 20 多天完成原定 9 个多月的任务，根本不可能。

为了组织施工，公司召集了一些干部和工程技术人员开会制订施工计划。

第一天会议上，大家讨论来讨论去，好容易才推翻了原来 15 天完成一层的老计划，提出 5 天完成一层，按此计划计算，到月底大堡也建不完。就是这样一个保守的计划，有些工程技术人员还提出几大"破坏因素"。

第二天接着讨论了半天，总算提出了一个 3 天完成一层的方案。按此方案计算，到月底大堡也建不完。

在第三次会议上，领导把一些思想觉悟高、有丰富实践经验的老工人请来参加讨论。

制订计划时，许多纠缠不休的问题，工人一到，就迎刃而解了。

老工人说："保证10月1日大桥铁路桥通车是号令，我们安排计划就要打破老框框，紧前不紧后，由月底往前排。"

这时有几位老工人提出了一种"立体交叉施工方法"，使施工计划落实在两天完成一层的进度上，有效地保证了施工任务的按时完成。

他们就这样深入开展技术革新，人人献计献策，提建议，搞革新，千方百计为早日建成桥头堡、保证大桥铁路桥国庆通车贡献自己的力量。

大堡的外粉刷能否按时完成是施工任务的重大关键。

如果等大堡外形完全建好后再进行外粉刷，那么无论如何也不能在国庆节前完成。

粉刷工人们打破老框框，提出了自下而上，分段粉刷的方法。

这时，有的工程技术人员这样说道："从盘古开天地以来，哪个工程不是自上而下粉刷的。如果倒过来施工，那么上面的泥浆水流下来，弄脏了墙面，用硝酸都洗不掉，谁负责！"

粉刷工人们通过多次试验，终于试制成功了分段接污水的方法，突破了施工中粉刷的关键。

仅此一项就使整个工程提前了10多天。

桥头堡物体高，绝大部分是垂直施工，空中运输量很大,工地上的塔吊已不够使用。

广大工人不仅创造了许多"土办法",提高了空中运输效率;而且,他们还打破从外国生搬硬套来的所谓"操作规范"的束缚,改变了过去钢筋、模板分别吊运的规定,提出了在地面就把钢筋封闭在模板内一次起吊的办法,从而大大加快了施工的速度。

9月28日拂晓,把三面红旗插上桥头堡顶端的紧张战斗开始了!

由6万多块红色特制玻璃组成的数吨重的三面红旗,要吊装在高于桥面30多米的桥头堡顶端。

工人们对安装任务提出了最高的质量要求,不允许有一丝一毫的尺寸误差。

人们现在看到的"红旗"造型的桥头堡,就是出自南京工学院建筑系教授钟训正之手。

钟训正是建筑学家,湖南省武冈县人。他1952年毕业于南京大学,长期致力于建筑教学、创作和研究工作。他主持设计的"无锡太湖饭店新楼""甘肃画院""海南三亚金陵度假村",在建筑传统与创新、建筑与自然环境、建筑技术与艺术的辩证统一关系上创出了特色。在南京古城区中华、雨花两路的改建任总建筑师期间,他为古城区市容和环境的改善作出了有效的贡献。

对于设计南京长江大桥桥头堡方案,钟训正教授后来回忆说:

第一轮桥头堡的设计由南京工学院教师宛新彰率4人负责,第二轮由孙钟阳、徐敦源负责,后大桥局并不满意设计结果,遂举行全国范围的桥头堡设计竞赛。

这样的一个竞赛引起了广泛的关注,各大高校、各省市的设计院纷纷参与角逐。

1960年4月,在南京福昌饭店进行了设计稿评审。南京工学院建筑系共送了师生设计的38个方案,在最后呈送中央的3个方案中,有两个作品,分别是"红旗"造型和"凯旋门"造型,另一个为北京建筑科学院设计的"红旗"造型方案。

最后,钟训正教授的"红旗"造型获得通过。

在桥头堡红旗的安装中,工人们不畏艰险,攀登上桥头堡的最高点,头顶碧蓝的天空,双手扶着承载三面红旗的钢架支座,轻轻地移动着。

钢架底下,电焊工人握紧焊枪,全神贯注地进行着细致的焊接工作。

真是白云生处插红旗,千难万险脚下踩!

一条条在清晨云雾中闪闪发亮的电焊弧光,在宽广的江面上空构成一幅瑰丽的画面,表达了我国工人建设伟大社会主义祖国的雄心壮志。

同桥头堡上一样,公路面上也人山人海、红旗招展,一片繁忙景象。

老李和老宋同工人们一起投入了紧张的战斗。

他们说：

> 立足桥头，胸有朝阳；身在大桥工地，心怀五洲风云！

在建桥工人雄壮有力的劳动号子声中，负责指挥工作的张阿根师傅高喊着：

> 同志们！我们一定要提前造好桥头堡，让红旗高高飘扬！

他手里举着信号旗，口里吹着哨子，紧张而有秩序地指挥着。

听到张师傅洪亮有力的声音，高空的工人干劲儿倍增，他们以泰山压顶不弯腰的英雄气概，拧成一股绳，连成一条心，争分夺秒树红旗。

巨大的三面红旗足足有 8 米见方，此刻正徐徐上升。

江上风大，钢架在空中不停地来回摆动。狂风吹来，发出呼啸声。桥头堡顶端的工人腰里系着安全带，慢慢地向前移动着。忽然，工人们发现吊机的吊臂短了 30 厘米，钢架无法安装在预定的位置上。如果接长吊臂再装，就必然要多花时间。怎么办？

这时，站在最高点的张阿根师傅大声喊道："同志们，就是用肩扛也要把红旗插上去！"

他刚说完，建桥工人几乎同时响亮地回答："对！抢时间，用肩扛！"

立刻，工人们有的用肩扛，有的用手拉。老李和老宋同工人们一样，汗流浃背地扛着、拉着。不管手痛肩肿，越困难，越艰苦，斗志越旺，他们顽强地战斗、战斗……

金色的太阳从东方冉冉升起，万道金光映照在浩瀚的江面上。建桥工人经过一番艰苦、激烈的战斗，终于把三面红旗高高地插上了桥头堡顶端。

碧空如洗，朝霞似火。鲜艳的三面红旗在晨光中映红了长江水。欢声震天，鞭炮齐鸣，大桥工地沸腾起来了！胜利的锣鼓敲起来了！胜利的赞歌唱起来了！建桥工人心潮澎湃，热血沸腾。面对胜利完工的桥头大堡，仰望着在曙光中红光四射的三面红旗，他们跳跃着，欢呼着，纵情歌唱。

雄伟高大的桥头堡下，老李、老宋、张师傅和工人们一起手拉手，肩并肩，眼里闪烁着激动的泪花。

他们仰望红旗，沉浸在胜利的喜悦中……

为大桥建设竭尽全力

南京长江大桥虽然是 1958 年勘定，1960 年动工，但是由于中苏关系破裂，又连续三年自然灾害，工程设计和材料供应都很困难，曾几建几停。甚至在工程上马初期，就有人提出缩小规模，建成一座便桥，只要能通汽车就可以了。

当时江苏省及南京市的主要领导曾就缩小大桥规模征求原南京军区主要领导的意见，原南京军区司令员许世友和政委杜平从长远发展考虑，建议克服暂时困难，按原计划建造。

1967 年 3 月，由于钢材紧缺，铺设大桥的铆钉缺口相当大，直接导致大桥钢筋桥梁无法架设，有人再次提出缩小大桥建设规模，并将缩小方案传到南京建桥工程处。

工程处便派人专程向在京开会的杜平汇报。

杜平感到此方案不妥，说："为了造好'争气桥'，我去找总理。"

当日，他请求周恩来解难。

周恩来立即找来当时分管工业的谷牧同志，指示他负责协调，一是与国内大型钢铁企业联系，二是通过外交部门和东欧有关国家联系寻求帮助。

杜平认为鞍山钢铁厂解决会快些,遂向谷牧同志汇报,并商量具体解决办法。

半个月后,鞍山钢铁厂以最快速度生产出的优质铆钉运到了南京,确保了大桥的顺利建设。

同年8月,当南京长江大桥建设工程正处于架设大桥过江钢梁的关键时刻,建桥工人中许多年轻工人不上班,老工人干着急,严重干扰架梁进程。

杜平召集建桥工人说:"建设长江大桥是国家的大事,是你们共同的光荣任务,绝不能影响建桥工程的进度。"

最后在守桥部队的保护和支持下,在全国劳动模范王超柱等老师傅的带动下,终于赶在台风季节之前,使大桥钢梁胜利合龙对接,大桥工地举行了钢梁合龙庆祝会。

在以后的岁月里,杜平不管是当军管会主任还是任原南京军区政委及兼任江苏省委书记,都始终心系大桥建设,多次到工地视察,过问建设情况,参加劳动,帮助解决实际问题。

1968年3月21日,原南京军区派出"临汾旅"一个营加入建桥大军,干部战士边学习边施工,与大桥建设者们一起奋战了180多个日日夜夜,抢在雨季来临之前胜利完成了第一期工程。

9月9日,眼看工期吃紧,原南京军区又派工兵团紧急赶赴大桥工地。他们风雨无阻,日夜施工,仅用7天时间就完成土方作业 4.72 万立方米。

在修建桥头堡的过程中，人们仅用 18 天就突击完成了原计划两个月的工作量。大桥工地呈现出一派热火朝天的景象。

9 月 30 日，许世友和杜平以及江苏省领导坐上第一列通过长江大桥的火车，标志南京长江大桥建成正式通车，向共和国成立 19 周年献了礼。

12 月 19 日，公路桥面全面建成通车。江苏人民"一桥飞架南北，天堑变通途"的愿望终于得以实现。

1969 年 9 月 19 日，毛泽东的专列到达南京，停在栖霞山脚下，许世友和杜平向毛泽东汇报了工作。后来，他们又请毛泽东视察南京长江大桥，毛泽东同意了。

9 月 21 日 2 时，在许世友、杜平、张才千、吴大胜和汪东兴同志陪同下，毛泽东视察了南京长江大桥。

毛泽东乘坐汽车，从桥南缓慢驶向桥北，视察了全桥。

许世友调兵驰援大桥建设

1968年3月20日,原南京军区司令员许世友任南京长江大桥建设委员会的主任。

南京长江大桥建设委员会根据毛泽东和国务院指示,作出决定:

> 使大桥早日投入营运,铁路和公路分期通车。

1968年4月,许世友调军区工程兵柴书林任大桥指挥部总指挥,并要求指挥部重新讨论工程进度和竣工时间,确定1968年9月底完成铁路桥,年末完成公路桥。

这比原定的铁路桥1968年底通车、公路桥1969年7月1日通车方案分别提前了3个月和近1年时间。

由于时间短、要求高,仅靠大桥承建单位是无法按时完成工作任务的。

许世友当机立断地说:

> 要人给人,要钱给钱,要机械给机械。

许世友言出即行,抓落实快如闪电。

军区工程兵副主任柴书林,许世友点名把他要来,委以建桥工程指挥部总指挥的重任,让他直接率领工程兵二团,并统一指挥支援大桥建设的部队,和建桥工人、工程技术人员并肩战斗。

柴书林率领工程兵二团充分发挥战斗队、工作队和生产队的作用,立下了许多新的功勋。

国庆节前5个多月,总工程师王超柱表示,要抢在梅雨季节之前完成一期工程,但人力仍不足。

许世友听了,当场拍板,增大兵力投入,调威名远扬的"临汾旅"和所属装备加入建桥大军。

"临汾旅"是我军历史上最能打硬仗的英雄部队之一。

该师前身为1937年12月组建的山西青年抗敌决死队第三纵队,后改编为晋冀鲁豫军区第八纵队第二十三旅。在抗日战争和解放战争中,先后参加过百团大战和上党、运城、晋中、太原、秦岭、成都等地区战斗,攻克县以上城市19座。

1948年3月7日,临汾战役发起后,第二十三旅在晋冀鲁豫军区前线指挥部统一指挥下,从东面发动进攻,夺取外围据点,一举攻克东关外城,占领护城阵地,控制住外壕,逼近内城。此役歼灭国民党守军5600余人,对战役的胜利起了决定性作用。

1948年6月4日,晋冀鲁豫军区前线指挥部授予第二十三旅"临汾旅"的荣誉称号。

"临汾旅"的增援大大加快了建桥速度。

许世友还要求人人顾全大局，团结起来，军民同心合力，拿出战争年代打硬仗的那股劲头，保质保量、如期完成大桥建设任务。

大桥建造者近万人，最后28天大会战时，10多万名志愿者从全国各地拥来。

"到大桥去义务劳动"成为当时最光荣的事。

1968年8月底，急需把"龙门架"从铁路引桥搬到公路桥上。

"龙门架"高50米，重达千吨，由几万只螺丝拧成。这样的庞然大物搬动一次，照老办法计算，需34个人，45天才能装好。

"临汾旅"指战员和南京大桥二处职工打破常规，仅用23人，半个月时间就使"龙门架"跨立在公路引桥之上。

除了在设计图、材料等方面严格把关外，"临汾旅"指战员热情高涨，创造出了一个令人惊奇的纪录。"临汾旅"曾经28天造好了一个24层楼高的桥头堡。

桥头堡建设是大桥后期建设的一块硬骨头，其施工特点是堡体高，相当于民用建筑24层楼高度；层次多，连夹层计16层，结构复杂，工期紧，因施工图纸来得迟，从开工到建成只有28天时间。

9月初，承担桥头堡建设任务的南京市第一建筑公司制定了多工序、立位纵横交叉的施工方法。

在工程兵"红一连"和"临汾旅"炮连的支持配合下,军民日夜奋战,抓紧施工。

有一天,桥面上刮起了8级大风,由于吊机失去了作用,"临汾旅"的战士们就用绳子把自己系在钢架上,和建桥工人坚持施工。经过28天的艰苦奋斗,胜利地完成了桥头堡建设任务。

9月27日晚,在铁路桥引桥上并排停着两列满载矿石的火车。根据大桥建设委员会决定,对大桥钢梁做一次检测,这两列火车就是来执行这个任务的。

从1968年4月至12月,无论是在铁路桥工地,还是在公路桥工地,还是在南京大桥二处、四处生产车间,都留下了原南京军区"临汾旅"和工程兵二团指战员参加建桥劳动的汗水,他们承担了大量艰巨和艰苦的体力劳动,为大桥的提前通车作出了特殊贡献。

公路双曲桥开始施工

南京长江大桥铁路桥在 1968 年国庆节胜利通车了！

奔腾万里的长江在高奏凯歌，南来北往的列车在传递喜讯。

正当建桥工人沉浸在幸福中的时候，10 月 8 日，上级又发出了振奋人心的战斗号令：

大战 4 季度，确保公路桥元旦通车！

消息传来，大桥工地沸腾了！人们奔走相告，锣鼓声震天动地，决心书、保证书、请战书贴满了南北两岸。

南京市市政工程公司当晚召集了以工人为主体，并有干部和技术人员参加的"三结合"会，突击制订公路桥施工作战方案。

徐师傅又满怀着战斗豪情，出席了会议。

参加会议的同志个个明白，离元旦通车只有 80 天了。在这样短促的时间里，要造好 22 孔双曲拱桥，任务确实艰巨。路面工程量大，施工战线长，材料用量大，操作技术复杂，技术力量又薄弱，还要在保证火车畅通无阻的情况下，造好两孔横跨铁路的跨线桥，施工安全的要求更高。

会外，有人也掐着手指算了又算，摇摇头说："难啊！80天造好八孔桥已经不错了。"于是他们提出一个需要很长工期的施工方案。

还有的人则提出：要保证元旦通车，只有修改设计方案，把两孔跨线桥改做梁式桥，把混凝土浇筑的空腹墙改做砖砌墙。这实际上是降低工程质量，损坏双曲拱桥的完整桥形，给双曲拱桥这个伟大创举抹黑。

因此，敢不敢制订一个在80天内建成22孔高质量的双曲拱桥的施工方案，成为会议争论的焦点。

会上徐师傅慷慨激昂地说：

元旦通车，我们打的是一场同帝、修、反抢时间、争速度的政治仗！

时间不能推后，设计不能修改，质量不能降低。天大的困难，我们工人顶！

徐师傅的发言表达了建桥工人敢于争取胜利的精神！他的发言得到了参加会议的工人和技术人员的一致支持。整个会场洋溢着强烈的战斗豪情。

施工领导小组的负责同志依靠徐师傅等老工人，当场制订了一个简化工序、充分利用保养期、见缝插针、交叉流水作业的施工方案。

把工期由原来提出的200多天缩短为80天，打响了大干80天的第一炮！

施工方案刚制订，来自祖国各地的支援大军已经浩浩荡荡地开进了长江南北两岸。

中国人民解放军工程兵某部雄赳赳、气昂昂地开进来了！

广大农民排列着长长的队伍，高唱着歌曲，向建桥工地开来了！

大中学校师生，以及即将奔赴边疆插队落户的知识青年向工地汇集来了。

他们在工地搭起了帐篷，露天砌起了炉灶。他们豪迈地说：

咱们来这里能为大桥流点儿汗，就是最大的幸福！

在建造双曲拱桥的日日夜夜里，建桥工人和来自祖国四面八方的支援大军发扬了大无畏的精神，投入了这场惊天动地的大会战。

工地就是战场，建桥就是打仗。

在这里，到处是大幅标语，上面写着：

奋战80天，拿下公路桥！

早日建成"志气桥"，气死苏修、美国佬！

清晨，人们迎着东方喷薄而出的朝阳，来到施工现场。

劳动大军如万马奔腾，热火朝天地战斗着。

满载着建桥物资的列车，从南北两岸飞速开来，送来全国人民对大桥的关怀和支援。

打桩机的轰鸣声，载重车的喇叭声，伴随着洪亮的号子声，汇成一曲欢乐的劳动赞歌！

深夜，绵延5公里的引桥工地，数千盏电弧灯和闪烁着的电焊火花，交织成一条条火龙，把大江南北照得通明雪亮，使雄伟的钢铁巨龙更为壮观。

建桥工人百折不挠，为开创新的天地、夺取新的胜利战斗着。

不久，跨线桥工程进入了建造空腹墙的阶段。

桥孔的空腹墙高达两层楼，却只有一个人的肩膀宽，里面布满了钢筋，这给浇灌混凝土带来很大困难。

施工领导小组决定组织一个由徐师傅带领的突击队，向空腹墙开展一场攻坚战。

战斗一打响，徐师傅突然旧病复发。他怨恨自己为什么偏偏在这个节骨眼上又来了病！医生嘱咐他要好好休息，可是老徐想："元旦通车任务紧迫，我怎么能轻易下火线呢？"

毛泽东对建桥工人的殷切期望，张思德的光辉形象，上级的战斗号令，一个共产党员的政治责任感，就像一股股热流一样，涌上徐师傅的全身，使他增添了无穷的力量。

徐师傅不顾身体有病，坚持在 10 多米高的撑架上工作。隆隆的列车在脚下轰鸣而过，浓烈的黑烟熏得他透不过气，看不见东西。他忍受着呼吸的困难和撑架的震动，弯着腰钻入狭窄的空腹墙上模里，用震动器上下振捣混凝土。

模板内空气稀薄，闷热异常，虚汗浸透了老徐的衣衫，身上还不时打着寒战，他感到呼吸急促，头晕目眩。但是，徐师傅连死都不怕，还怕什么病痛！

就这样，他一人在闷热不透气的空腹墙里整整坚持了 3 个小时！老徐走出空腹墙时，已是汗流浃背，气喘吁吁。同志们立刻给他递上毛巾和茶水，让他好好歇息。

在一旁参加劳动的学生们感动地说："我们要学习徐师傅这种吃大苦、耐大劳的精神！"

老徐爽朗地说：

> 为国家造桥，再累心里也乐，再苦心里也甜！

学生们在老徐的鼓舞和教育下，抢过震动器和振捣棒，跟着工人们一起钻进了空腹墙。

工地上有多少像徐师傅这样生动的事迹啊！

多少工人和群众为了抢时间，几天几夜不下火线，头晕了就用凉水洗把脸，又冒着严寒干！

多少解放军战士在最前列，日夜战斗和守卫在长江南北两岸！

又有多少学生，经过劳动熔炉的锻炼，在思想上迈出了新的一步！

经过人们 60 多天的艰苦奋战，22 孔双曲拱桥的巨大桥身，终于屹立在长江南北两岸。

离 1969 年元旦公路桥通车时间只有 18 天了，施工进入了最后也是最紧张的阶段，即铺设路面。

接连几天刮风下雪，这给浇油铺路造成极大的困难。为了缩短路上运输时间，避免沥青在严寒中凝固，工人决定从桥下起吊沥青。

大雪漫天飞舞，好像故意要考验人们的意志似的。

吊车司机大胆又谨慎地操作着，把一辆辆满载沥青的汽车从桥下吊上桥面。年轻的校正工站在桥上挥舞着红绿旗进行指挥。汽车一着桥面，解放军便把汽车迅速开往各个施工现场。

这种惊心动魄的情景、风驰电掣般的动作、敢想敢干的精神，是意志软弱者想也不敢想、看也不敢看的！

技术保守的人曾经制订过"下雨不起吊""天黑不起吊""刮风不起吊""气温在 15 摄氏度以下不浇油铺路"等不少规定。

但是建桥工人天不怕、地不怕，敢于攀险峰、闯新路，终于创造了冬季浇油铺路的施工先进经验，提前赢得了公路桥会战的最后胜利。

22 孔双曲拱桥，60 天就建造成功，创造了建桥史上罕见的奇迹！

采取灌注桩方式建设双曲拱桥

在讨论公路引桥设计方案时,建桥工人和技术人员大胆提出了采用富有民族特色的新颖形式,即双曲拱桥的方案。

他们认为,双曲拱桥造价低,用料省,载重量大,形式美观,对多快好省建设南京长江大桥有着无比的优越性。

但有的人认为,"双曲拱桥是个新东西,没有经验,用在长江大桥这样的第一流桥梁上靠不住。"他们提出了一个"高填土"的方案,想用泥土垒成斜坡,代替很长一段公路引桥。这个方案费工费时,外观难看,阻塞城市交通,而且要破坏大批农田。

建桥工人明确地说:"采用不采用双曲拱桥,是走不走自己建桥道路,要不要多快好省地建成公路桥的问题。对于新生事物,我们就是要支持。"

工人的方案得到了人民解放军的全力支持。会审会以后,双曲拱桥设计方案又被送给许多老工人修改、充实,最后确定下来了。

建桥工人和技术人员决定自己搞试验,为双曲拱桥全面施工排障开路。他们说:"咱们说啥也要打好灌注桩基础,多快好省地建成双曲拱桥!"

严冬腊月，凛冽的北风在旷野上呼啸，把芦苇塘边的枯柴吹得嚓嚓作响；漫天飞舞的雪花把堆在旷野上的机件覆盖得严严实实。天刚蒙蒙亮，离工地帐篷不远的地方就传来了充满朝气的劳动号子。

为了彻底解决排除灌注桩底下淤泥的问题，一位老师傅提出："利用浇灌混凝土的冲击力，能不能把地下淤泥从钻孔里挤上来？"

大家都认为这是一个好办法，决定做一下试验。

试验开始了。装满混凝土的小车穿梭般地向钻孔飞速运送。混凝土从地面上像瀑布似的倾注到20多米深的地层，发出海涛般的"哗哗"巨响。顷刻间，钻孔底下的淤泥被混凝土冲击得一股劲儿地朝孔口涌上来。

在试桩小队的艰苦奋战下，试验桩像雨后春笋般地冒出了地面。但是，试验桩能否经受规定的压力，是决定双曲拱桥究竟能承载多少重量的关键，也是对试桩小队进行了半年多的科学实验的检验。

关键性的一仗开始了。

试桩小队的同志们走出帐篷，顶着寒风，开始工作。

工人和青年技术员一个接着一个给油压千斤顶增压，千斤顶压得钢梁火星直冒。只见压力在直线上升：150吨、180吨、200吨、300吨……

试桩小队的同志经过半年多的辛勤劳动，以百折不回的毅力和一丝不苟的科学精神，打了38根试验柱和试压桩，又对长江两岸双曲拱桥墩的基础逐个进行了试验，积累了2600多个宝贵数据，掌握了灌注桩的沉陷规律。

试桩小队的同志们探索出了一套分析灌注桩是否断裂的规律，终于创造了不断桩的奇迹！

灌注桩试验成功后，为了进一步摸索双曲拱桥的承载力，试桩小队又在军事代表领导下，发扬了勇敢战斗、不怕牺牲、不怕疲劳和连续作战的作风，建造了两孔试验桥，对双曲拱桥进行了一次综合性的试验。

试压的那天，气温骤降，风雨大作。支援外单位的吊机还没有回来，试压的铸铁上不了桥，眼看试验要延期。正在工地上参加劳动的军事代表和老徐、老黄研究了一下，召集大伙开会。

在会上，老黄把困难向大家讲了一下，工人们说："咱们造桥，争取时间就是胜利。有困难咱们顶，没有吊机，咱们就用肩膀把铸铁扛到桥上去！"

老徐见大伙斗志昂扬，便一扬手说："扛！"

桥面坡度大，雨又下个不停，路面很滑。年近50的徐师傅，扛着几十公斤重的铸铁，弓着身子一步一步往上挪，每跨一步都要花费极大的力气！

军事代表、老徐、老黄带领全体同志，一次又一次地朝上扛，个个干劲儿冲天，终于把铸铁堆满了桥面。

试压开始了，老徐和小齐头戴安全帽，身拴安全带，在桥面上进行测量。雨水完全浸透了他们的棉衣，寒风扑面吹来，全身如刺骨般地疼痛。

桥下的人群见他们被风吹得站不稳脚跟，不禁为他们捏着一把冷汗。

小齐刚开始时心跳得慌，但是看到徐师傅干得那么从容自如、专心致志，顿时增添了无穷的力量。

这时，桥下观看的人越集越多，他们个个凝视着桥面。这是一个多么激动人心的时刻啊！工人们艰苦奋斗的劳动硕果正在经受严峻的科学考验！

工地上一片寂静。只听见桥上桥下操纵台上发出各种讯号铃声，红红绿绿的指示灯像秋夜的星星眨着眼睛。随着铸铁不断增加，电阻应变仪等试验仪表的指针，有规则地转动着。

铸铁已经加到设计标准所要求的重量了。桥面会不会压垮？桥上桥下千百双眼睛在注视着桥面。

只见这座高 9 米、长 30 多米、宽 4 米的试验桥，身负巨重，岿然不动！

"试验桥成功了！""咱们的'志气桥'真过硬啊！"人群里传来了一片热情的赞扬声。

军民合力张拉最后一片应力梁

1968年11月24日傍晚,某部四连二排的战士们接受全桥最后一批应力梁的张拉任务。

经过6个小时的战斗,2号、3号两个梁场的战士们胜利完成了任务。正要下班时,他们发现战斗在1号梁场的四班,还有一片梁没有张拉完。

二班长王维成马上喊道:"我们赶快去协同作战!"

喊声未落,2号、3号梁场的战士们便一齐投入了张拉最后一片梁的战斗。

就在这时候,在二处梁场张拉工班的宿舍里,正开着一个如何"拥军"的"诸葛亮"会。

原来,张拉工班的工人同志从其他梁场下班后,知道最后一片梁难张拉,曾几次来要求战士们下班回去,由他们完成任务。

可是,战士们坚决要战斗到底。工人们被几次谢绝后便研究替换战士们的办法。最后大家议定:"我们全班9个人一起出动,一定要把重担子抢过来!"说着,工人们"呼"地一下都拥到了1号梁场。

"你们已经干了12个小时,该我们接班了!"一见面,工长徐安新就迫不及待地喊着。

"我们应该干,你们应该休息!"

就在这一片"我们应该干"的争论声中，工人和战士们早已合作张拉了几个梁孔了。也就是在这一片"我们应该干"的争论声中，人群中又多了许多战士。一看，原来是三排的同志又来上班了。

班长王维成一见，索性大声喊道："干脆军民一起干吧！"

"好！好！"接着，工人和战士们有的抬钢丝、压水泵，有的装锚图等，军民同心干的情绪更加热烈。

当一轮红日喷薄而出的时候，最后一片预应力梁终于按时安装好了！

在灿烂的阳光下，军民一起注视着这最后一片梁被稳稳吊上凌空横立的公路桥上，人人心花怒放。

向工人致敬！

向解放军学习！

军民欢呼声响彻大桥上空。

四、竣工通车

- 1968年9月30日,南京市5万多军民隆重地举行了南京长江大桥铁路桥通车典礼。

- 1968年12月29日,我国工人胜利完成了南京长江大桥的公路桥。至此,我国自行设计和建造的最大的现代化桥梁——南京长江大桥,已经全面提前建成通车。

举行铁路桥通车典礼

1968年9月30日，南京市5万多军民隆重地举行了南京长江大桥铁路桥通车典礼。

这天，南京辽阔的长江江面上，来往不绝的船只上都飘扬着彩旗。大桥上下，无数面红旗迎风招展。在高耸入云的桥头堡上，用玻璃镶嵌而成的三面巨幅红旗在灿烂的阳光下闪闪发光，气势雄伟的长江大桥显得分外壮观。

一早，参加通车典礼的广大工人、农民，以及在大桥支工和护桥等工作中立下卓越新功的解放军指战员，满怀着胜利的喜悦，敲锣打鼓，喜气洋洋，从四面八方汇集到江边、桥头，等待着大桥铁路桥正式通车这一激动人心时刻的到来。

中国人民解放军南京部队司令员许世友，和南京部队的其他负责同志，以及江苏省、南京市的负责同志，参加了通车典礼。

14时整，通车典礼在乐曲声中开始。

江苏省负责人杨广立同志首先在会上讲话。

他介绍了建桥工人建设大桥的过程以后说：

南京长江大桥建设的辉煌成就，再一次证

明，工人是无往而不胜，无攻而不克，什么人间奇迹都可以创造出来的。

铁道部负责人杨杰同志代表铁道部和全国铁路广大革命职工，向参加建设南京大桥的全体工人、农民、解放军指战员，以及干部和工程技术人员表示热烈的祝贺。

大会在暴风雨般的掌声中，通过了给毛泽东的致敬电。

致敬电说：

金色阳光照长空，长江两岸贯新虹。
……
在欢庆中华人民共和国成立19周年的光辉节日里，报告一个振奋人心的喜讯：南京长江大桥铁路桥胜利通车了！
……

许世友同志为大桥铁路桥剪彩后，一列披着盛装、满载南京市群众的彩车徐徐通过大桥。

这时，大江南北、列车内外的欢呼声震撼大地，响彻云霄。

1968年10月1日3时，当伟大的中华人民共和国刚进入第20个年头的时候，南京长江大桥铁路桥通过了驶向祖国首都的第一列客车。

当列车驶上被无数彩灯照得通明的大桥铁路桥时，车厢内一片欢腾景象。

来自上海的工人、来自福建前线的海防战士和来自祖国四面八方的群众，都为自己能乘坐通过南京长江大桥铁路桥的第一列客车而感到无比幸福和自豪。他们争先恐后地挤到窗口观看钢铁长江大桥的雄姿。

列车通过了大桥，旅客们激动的心情久久不能平静。

公路桥全面提前通车

1968年12月29日,我国工人胜利完成了南京长江大桥的公路桥。

至此,我国自行设计和建造的最大的现代化桥梁——南京长江大桥,已经全面提前建成通车。

根据新华社南京1968年12月29日电讯:

> 在亿万军民热烈欢呼我国成功地进行了一次新的氢弹试验的大喜日子里,从扬子江畔又传来一个振奋人心的喜讯:
>
> 高速度、高质量地在1968年12月29日胜利地建成了南京长江大桥的公路桥。
>
> 至此,我国自行设计和建造的最大的现代化桥梁——南京长江大桥,已经全面提前建成通车。
>
> ……

12月29日上午,南京市5万多军民欢聚在江边桥头,冒雨参加大会,庆祝大桥的提前全面建成。

新建成的南京长江大桥公路桥正桥两端,矗立着四座巨大的工农兵英雄群塑;桥头堡的三面鲜艳夺目的红旗，直插云霄；银灰色的栏杆旁，无数面红旗迎风招展；气势雄伟的长江大桥显得分外壮观。

29日一早，参加庆祝大会的广大工人、农民，以及立下卓越功勋的解放军指战员，满怀着胜利的喜悦，高唱歌曲，敲锣打鼓，从四面八方汇集到江边桥头的庆祝大会会场。

中国人民解放军南京部队负责人、江苏省负责人以及南京市负责人参加了庆祝大会。

8时，大会在庄严的乐曲中开始。

江苏省负责人在大会上讲了话。他向英勇奋战的大桥工地的工人、工程技术人员、人民解放军指战员，表示最热烈的祝贺！向支援大桥建设的兄弟省、市的战友们，表示最衷心的感谢！

长江大桥建桥工人代表也在会上讲了话。

工人代表回顾了建桥过程后说：

今年国庆建成了铁路桥，现在又提前建成公路桥，开创了我国自力更生建造大型现代化桥梁的新纪元。

庆祝大会结束后，红色的信号弹腾空而起，在一片鞭炮和锣鼓声中，100多辆彩车徐徐通过公路桥。

顿时，大江南北，桥上桥下，车内车外，欢呼声震撼大地，响彻云霄。

中国自行设计和施工的南京长江大桥公路、铁路全线建成通车，标志着中国桥梁建设的一个飞跃。

南京长江大桥被收入世界吉尼斯世界纪录。

新中国成立前，只有黄河和钱塘江上修有三座大桥。万里长江上，一座大桥也没有。而少得可怜的几座大桥，没有一座是我国自行设计、自行施工的。

被讥为"豆腐桥"的郑州黄河大桥完工不久，桥墩就被洪水冲歪，后来修得勉强能够通车。到新中国成立时，大桥已经破烂不堪，岌岌可危，列车过桥要分成三段，由机车一段一段慢慢地拖过去。

而在南京，国民党反动派用重金聘请一个美国"桥梁专家"来南京勘测，结果束手无策。

日寇侵占南京时，出于侵略目的，想造大桥，经过一番勘测，也认为无计可施，只得不了了之。

桥梁事业的飞跃发展，就是社会主义祖国欣欣向荣的一个缩影。

1957年，武汉长江大桥建成以后，又迅速建成了郑州黄河大桥、风陵渡黄河大桥、重庆白沙沱长江大桥、广州珠江大桥、南昌赣江大桥……

紧接着，建桥英雄们打响了建设南京长江大桥这场空前的攻坚战，取得了完全的胜利，在新中国的桥梁史上写下了更新、更美的一页。

南京长江大桥的胜利建成，把原来被长江隔断的津浦、沪宁铁路连接起来，把大江南北的公路连接起来，使运输更加畅通了。

以前依靠轮渡，渡运一列火车过江至少要3个小时，现在列车可以随时飞驰过江，这有利于工农业生产和人民生活。

南京长江大桥的胜利建成，开创了我国自力更生建造特大桥梁的新纪元，在桥梁科学技术的许多方面赶上了世界先进水平。

其中尤以水下基础最为出色，它的深度、形式、施工方法等都创造了崭新的纪录。

其他如预应力梁、桥梁用钢、钢梁面漆、轻质混凝土等产品，也都达到了先进水平。

据后来担任南京长江大桥管理处处长的孙志伦说：

> 高峰时每天通过汽车达到5.6万辆，现在二桥通车以后，我们仍然达到4万多辆日通行量。作为铁路来说，现在的日通车已经达到240列，平均4至5分钟一辆，列车的速度现在达到了120公里。它也是我们京沪线的主要交通要道、交通咽喉。

南京长江大桥建成通车至今已34年，设计日车流量为1万辆次。随着经济的发展，公路桥日车流量由最初的0.7万辆次达到最高5.5万辆次，为原设计流量的5.5倍。南京长江二桥通车后，大桥日车流量仍居高不下，维持在 4.5 万辆左右，桥面长期处于超负荷、超重载的疲劳状态，导致公路桥结构病害日益突出，路面破损，坑洼不平。特别是大桥两边的双曲拱桥，最大的坑洼面积近 2 平方米，最深处约有 40 厘米。

有关部门虽多次对桥面加以维护，但由于治标不治本，结构方面的病害没有消除，加上每次维修摊铺后即开放通行，修补处往往在很短时间内又遭损坏，难以达到理想效果。

为缓解交通压力，交管部门除了进行及时的维修外，还采取车辆分流、限制重载车辆通过等措施，配合大桥维修，引导过往车辆到南京长江二桥和板桥汽渡处过江。

创造世界桥梁史的奇迹

雄伟壮丽的南京长江大桥的建成,是世界桥梁史上的一个伟大奇迹。

大桥铁路桥全长6700多米,公路桥全长4500多米。江中正桥下层铺设双轨,南来北往的列车可以同时对开;上层宽阔的公路桥面,可以并排行驶4辆大型卡车。

正桥两端矗立着4座巨大的塑像。两岸公路引桥接近市区的部分由22孔富有民族特色的双曲拱桥组成,看上去像一条美丽的彩练,使宏伟的南京长江大桥显得更加绚丽多姿。

入夜,大桥上万盏灯火齐放光明,绵延5公里,有如银河飘落在宽阔的江面上,把祖国的大好河山装扮得分外妖娆。

后来,南京长江大桥获得国家科技进步特等奖。

南京长江大桥理所当然成了爱国主义教材。在人民教育出版社出版的小学语文第五册课本正文前的画页上,第一页是"我爱北京天安门",第二页就是南京长江大桥。课本里还专门配有一篇课文,此后近20年间,一直是小学生们必读的文章。

当时还流行一首儿歌:

> 摇呀摇，摇呀摇，摇到长江大铁桥。

作为社会主义建设的伟大成就，自建成之日起，南京长江大桥便被当作南京乃至全国的一个著名旅游景点。直到20世纪80年代末期，它还是中国政府向外国元首们展示自己能力和实力的一座具有象征意义的建筑。

据统计，南京长江大桥共接待过150多个国家的600多个代表团，国外游客360万人次，国内游客5000万人次。

1981年，十一届六中全会把南京长江大桥建成作为一项重要成就记入《关于建国以来党的若干历史问题的决议》，并与"两弹一星"一同列入新中国成立后国家重要成就项目。

这座被誉为跨越长江的第三座大桥，全长达4589米，比武汉长江大桥还长2919米，几乎是其长度的3倍。

竣工通车

坚固程度经受了导弹测试

1970年9月26日8时，80辆国产轻型坦克和60多辆各型汽车成一路行军纵队，轰鸣着通过南京长江大桥。这是中国人民解放军利用南京长江大桥，为我国潜射导弹进行模拟试验。

潜艇在几十米深的水下发射导弹，一个难点是弹射时如何确保潜艇的绝对安全。

美国第一代潜射模型导弹射出水面时没有点着火，落下来把潜艇砸扁了，造成艇毁人亡的恶性事故。以后，美国改在水陆交界的地方进行试验，先用巨型塔吊把模型导弹系住，待导弹从水下发射后，塔吊上的钢丝绳把它吊住，不让导弹落到水下潜艇所在深度。

我国潜射导弹的总设计师黄纬禄等科学家四处寻找合适的试验地点。太湖、青海湖、云南的抚仙湖等，他们先后勘察过远近大小几十个湖泊。有的湖泊可用，但要新建一套设施，水下施工难度高，耗资特别巨大。

怎么办才好？

黄纬禄突发妙想："利用南京长江大桥。"

钱学森一听，拍案叫绝。

事实上，南京长江大桥刚建成时，许世友就想测试一下它的坚固程度能否经得住战争的考验。

许世友看着坦克履带在水泥路面上轧出的一道道白痕，笑着说"行"，随即从南桥头堡登上吉普车，随坦克车队进入市区。

身为有经验、有远见的高级将领，许世友才不会只顾民用，不想军用。

试验的日子确定后，他下令大桥禁行3日，并亲自陪同专家们上桥勘查现场。

一切安排妥当，模型导弹被桥下的大吊车高高吊起。

黄纬禄穿着背心短裤，头戴草帽，站在桥上指挥。

一声令下，模型导弹以雷霆万钧之势坠落江流，溅起的水柱比桥面还高。

多次试验，一个结果：落弹不会砸着潜艇。

若干年后，美国"核潜艇之父"里科弗来华访问。当他得知我国的潜射模拟试验凭借南京长江大桥获得成功时，连声赞道："这是了不起的创举，你们也是'核潜艇之父'啊！"

周恩来赞扬大桥建设

周恩来曾多次陪同外宾参观南京长江大桥。

他高度赞扬大桥工程局广大建设者们克服苏联撤走专家造成的困难、发扬自力更生精神建成大桥的伟大创举,并一直肯定苏联对新中国建设事业给予的帮助。

他指出:南京长江大桥的说明词里,应该提到沿用了在苏联专家帮助下兴建武汉长江大桥的经验,而且有所发展。对成绩的宣传要尊重历史,实事求是,坚持一分为二的科学态度。

1971年6月5日,周恩来陪同罗马尼亚齐奥塞斯库总书记参观南京长江大桥,在现场系统总结了我国大桥建设的经验。

他认为,在我国的大桥建设事业上,西林是有功劳的,武汉大桥给管柱钻孔法立了一个碑,南京大桥可以挂西林的照片。

点点滴滴,真情永在,这充分体现了周恩来对南京大桥的深厚情感。

大桥获国际友人盛赞

在建桥过程中，特别是在南京长江大桥建成以后，五大洲的国际友人，络绎不绝地专程前来参观。他们给我们带来了许多宝贵经验。

一位亚洲朋友说：

> 不用一个外国专家，不用一件外国设备，自己建成这样一座宏伟的桥梁，充分显示了独立自主、自力更生方针的正确。

国际友人听到大桥胜利建成的消息后，激动地说：

> 南京长江大桥的建成，是中国人民的胜利，也是我们的胜利。

南京长江大桥作为我们国家自己设计、自行修建的第一座大桥，从技术角度上也有着深远的意义，为我国此后在长江上建造一系列的大桥积累了宝贵的经验。

构成完整的人文景观

南京长江大桥位于南京市西北面长江上，连通市区与浦口区，是继武汉长江大桥、重庆白沙陀长江大桥之后第三座跨越长江的大桥，也是长江上第一座由我国自行设计建造的双层式铁路、公路两用桥。

正桥的路栏上，公路引桥采用富有中国特色的双孔双曲拱桥形式。公路正桥两边的栏杆上嵌着200幅铸铁浮雕，在人行道旁，还有150对白玉兰花形的路灯，洁白雅致。

大桥南北两岸的桥下，有面积约20公顷的大桥公园，种植着各种花草树木，并有电梯直抵大桥桥面的桥头堡。其中大桥南岸有南京长江大桥南堡公园。这些使南京长江大桥更加雄伟壮丽。

南京长江大桥建成后，成为古城金陵的48景之一。

南京长江大桥作为新中国建设成就的象征，三十多年来仅登记的国内游客就达5000万人次，国外友人及知名人士200多万人，国家元首或政府首脑级的参观团就有78批，部长级贵宾765批。

1975年和1985年，邓小平同志两次视察南京长江大桥，对我国的桥梁建设提出过殷切希望。

大桥建成后，承担维护和保养任务的大桥管理处也应运而生。

多年来，大桥管理处为装扮大桥付出了很多心血。如将原来的铁路桥面走道从0.7米加宽到1.5米；建造了大桥公园，包括桥头驻军的营房设施；增加了铁路引桥的照明设施；改变大桥的涂妆，把钢梁的油漆寿命提高了8年；唐山大地震后，管理处又对大桥的抗震性能进行了加固。

1997年8月，南京长江大桥的公路桥面首次完成了全面整修等。在多项装扮工作中，对大桥彩灯的装扮最值得一提。

为了美化大桥夜景，勾勒大桥轮廓，早在1971年，大桥管理处就建设了一个3.5万伏配电房，安装了3.2万余盏彩灯、1400多套灯具。

一流的大桥需要有一流的灯光相匹配。1989年，飞利浦香港公司向南京长江大桥赞助了价值400万人民币的泛光灯，政府又投资了200万元用于设计安装。

不久，1044盏新型泛光装饰照明灯取代了原先用3.2万只彩灯组成的彩灯链，使大桥主体的夜景呈现出立体通明景象。

欣赏过南京长江大桥夜景的专家说，南京长江大桥的照明装饰可与法国埃菲尔铁塔、英国伦敦桥相媲美。

本书主要参考资料

《国史全鉴》本书编委会编 团结出版社

《共和国五十年珍贵档案》中央档案馆编 中国档案出版社

《共和国要事珍闻》郑毅 李冬梅 李梦主编 吉林文史出版社

《南京长江大桥》南京长江大桥工人写作组著 上海人民出版社

《毛泽东思想的凯歌》南京长江大桥建设委员会汇编

《中南海三代领导集体与共和国经济实录》王瑞璞主编 中国经济出版社